인생
커트라인은
60점이면
충분하다

인생
커트라인은
60점이면
충분하다

김태민 지음

메르라이트 _

프롤로그

이탈리아 로마와 포지타노를 오가는 버스 안에서 이 글을 쓰고 있다. 이탈리아에서도 아름답기로 손꼽히는 포지타노는 내셔널 지오그래픽에서 죽기 전에 꼭 가봐야 하는 곳 중 1위로 선정했고 유네스코 세계문화유산에도 등재된 곳이다. 과연 눈을 어디에 돌려도 절경이 펼쳐졌다. 코로나로 인해 몇 년간 참았다가 드디어 떠나왔다. 오랜만에 나 스스로에게 주는 선물이다. 일상과 업무로부터 거리를 두고 온전히 나만을 위한 시간을 가지니 새롭게 정신이 깨어나는 듯한 기분이다. 역시 여행은 관성에서 빠져나오게 하고 자신감을 충전해주는 가장 좋은 방법이다.

여행을 떠나기 얼마 전, OECD가 발표한 '한국경제보고서'에서 한국 사회의 '골든 티켓 신드롬'을 경고했다는 기사를 보았다. 즉 명문대 진학과 대기업 취업이라는 낮은 확률의 '골든 티켓'에 전부를 거는 현상이 우리 사회의 가장 심각한 문제라는 것이다. 이러한 현상은 비단 최근의 일만은 아니다. 20대의 나 역시 명문대와 대기업을 목표로 했다. 다만, 무엇을 왜 공부해야 하는지, 나에게 맞는 일은 무엇이고 어떻게 살아가야 하는지에 대한 성찰이나 질문은 없었다. 그래서 쉽게 지쳤고 스스로를 낮게 평가했고 방황하며 꽤 긴 시간을 보냈다.

이렇게 살 수는 없다는 절박한 심정으로 다시 시작했고 뒤늦게 공부와 취업 등을 경험하면서 비로소 진정한 나로 사는 방법을 조금씩 깨달았다. 내가 기댈 것은 알량한 학벌이나 졸업장, 남에게 건네는 명함이 아니라, 오로지 내 실력뿐이라는 것을 알게 되었다. 이것을 깨닫기까지 오랜 시간 차갑고 힘든 세상에서 분투했고 남들보다 많이 늦었다는 초조함에 시달리기도 했지만, 이 과정을 통해 나를 알게 되고 나 자신을 믿게 되었다.

어렸을 때는 대체 커서 뭐가 되려고 그러냐는 핀잔을 듣는 자신감 없는 아이였다. 그리고 20대와 30대 때는 왜 그렇게 무모하냐는 걱정도 많이 들었다. 남들보다 뒤에서 출발했고 느리다 못해 제자리걸음을 하는 것처럼도 보였지만, 어느 순간 나만의 속도와 방향을 찾을 수 있었다. 학창 시절에는 1등과 100점을 위해서만 달렸지만 지금은 60점만 넘기면 된다는 마음으로 공부하고 도전한다. 그렇게 하니 마음이 편안해졌고, 100점을 위해 달렸던 때보다 결과적으로 얻는 것도 많아졌다. 물론 그렇게 치열했던 지난 시간이 밑거름이 된 탓이겠지만 커트라인 60점을 바라보고 사는 지금의 내가 행복하다. 그래서 남을 평가하고, 남과 비교할 이유가 없어졌다. 앞으로도 내 인생에 올곧게 집중하자고 마음먹으니 오히려 여유가 생겼다.

이탈리아의 골목들을 걷거나 작은 카페에서 시간을 보내다가, 한국에 돌아가면 또 무엇을 새롭게 시작해볼까 생각하는 나를 발견했다. 어느새 10년 차 변호사로 어느 정도 자리도 잡았고 변호사 외에 다른 일들을 동시에 하는 'N잡러'인데 무엇을 더 해보려고 하는지 신기해하는 사람들도 있다. 그런데 나를 수식하는 말이 꼭 하나일 필요는 없지 않은가. 꿈이라는 것을 하나의 틀로 고정해둘 필요도 없지 않은가. 게다가 지금의 나는 예전의 내가 바라던 모습도 아니다. 아직도 내가 정말 원하는 것이 무엇인지 찾고 있는 중이다. 나는 나의 꿈을 완성형으로 두지 않고 수시로 바꾸어가고 싶다. 그리고 아직도 뭔가 되지 않았기 때문에 도전할 수 있고 시도해보아야 하는 지금 상황이 감사하다.

세상에는 절대 변하지 않는 것이란 없다. 심지어 나의 밥벌이인 법률도 계속 개정되고 발전한다. 그러니 나도 더 변화하고 성장해야 한다. 다만, 완벽한 100점을 받으려고 필요 이상으로 애를 쓰며 스스로를 갉아먹는 어리석음은 범하지 않을 것이다. 내 인생을 충분히 행복하게 살아가기에 적당한 커트라인 60점을 위한 도전만은 멈추지 않을 것이다.

차례

호기심이라는
날개를
가졌을 때

**너는 커서
뭐가 되려고
그러니**

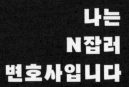

나는
N잡러
변호사입니다

1

실패와 방황도

모두 나의 선택이다

이런 사람이 있다. 연립주택 지하실을 개조해서 만든 화장실도 없는 집과 고시원 등에서 살며 2점대 학점으로 대학 5년을 겨우 다니다가 결국 중퇴, 군대 전역 후 28세에 수도권 대학에 다시 입학해서 31세에 졸업, 그리고 취업을 했지만 짧으면 5개월, 길어야 2년 만에 서너 군데 직장을 전전하며 이 공부 저 공부 시도하다가 포기한 사람.

또 이런 사람이 있다. 첫 대학 입시에서는 오직 점수에 맞춰서 전공에 대한 아무 관심 없이 들어간 결과, 적응하지 못해서 그만두었지만 꿈을 찾아 신생 학과에 다시 입학, 미국으로 교환학생까지 다녀온 후 전공을 살려 해외 영업과 외국투자유치 업무를 하다가 중앙정부 6급 공무원으로 일할 수 있었고 일반 사기업과 공공기관, 지방자치단체와 중앙정부 공무원까지 두루 경험한, 하지만 그것에 안주하지 않고 37세에 과감히 로스쿨에 입학한 사람.

위 두 사람은 다른 사람이 아닌 한 사람이고, 바로 나의 이야기다.

동전의 앞뒷면이 다르듯이 나의 지난 20년을 어떻게 보는지에 따라 이토록 전혀 다른 장르의 서사가 된다. 전자의 경우로 보자면 답이 안 나오는 방황만 한 사람 같지만 후자로 보자면 안정적인 현실에 안주하지 않고 끊임없이 도전한 진취적인 청춘일 것이다. 하지만 두 가지 시선 모두 맞다. 한 사람의 인생은 일직선으로 진행되는 것이 아니고 또 한 가지 색깔만 갖는 것이 아니다.

사실 결과가 좋기 전까지 나는 항상 실패자였다. 가족을 포함한 대부분의 사람이, 심지어 나 스스로도 그렇게 생각했다. 하지만 결과가 좋으니 평가가 180도 바뀌었다. 내 인생은 끝이 아니라 진행하는 과정이었는데 결과를 너무 일찍, 미리 판단해버린 것이다. 물론 이런 사실도 시간이 흐르고 나서야 알게 되었다.

20대에는 좋게 표현해서 사서 고생한다, 젊을 때는 그럴 수도 있지라는 말도 많이 들었다. 하지만 학교생활에 적응하지 못해 괴로운 나는 어떻게 살아야 하는지를 알 수 없어서, 미래가 보이지 않아서 정말 죽고 싶은 생각만 들 정도로 암울했었다. 대입 시험을 세 번이나 봐야 했을 정도로 심하게 방황했지만 주변에 손을 내밀 수 있는 사람도 없을 정도로 외로웠다.

지극히 평범하게 좋아하는 것도 되고 싶은 것도 없던 나는 당시 대부분의 아이들이 그러했던 것처럼 오직 대학 합격을 목표로 고등학교 3년을 공부에만 몰입했고, 서울대학교 식품영양학과에 합격했다. 하지만 식품영양학과에서 무엇을 공부하는지, 졸업하면 어떤 분야에서 일을 하게 될지 정보도 관심도 없이 무작정 점수에만 맞추어 지원한 결과였으니 입학 첫날부터 내가 큰 실수를 했구나 하는 절망감마저 느꼈다.

우선 식품영양학과 전공 수업 대부분은 하필이면 내가 제일 싫어하는 생물과 화학을 기반으로 하는 실험이어서 흥미를 전혀 느끼지 못하고 따라가기도 어려웠다. 게다가 우리 학번 정원 40명 중 남학생은 나 혼자였다. 당시 선배 남학생이 한 명 있기는 했지만 거의 학교에 나오지 않아 전 학년 통틀어 유일한 남학생이라는 이유로 모든 시선과 관심이 집중되니 너무나 부담스러웠다. 여학생들과도 허물없이 잘 지냈으면 좋았겠지만 중고등학교 6년을 남학교에 다닌 데다가 성격이 워낙 소심하고 붙임성도 없는 나로서는 수업시간에 고개도 제대로 들지 못하고 무리에 끼지 못한 채 혼자 다녔다. 그러다 보니 강의를 빼먹기 일쑤였는데 그럴 때마다 또 내 빈자리는 얼마나 잘 드러나던지. 대학 생활에 적응하지 못하고 시간만 흘러갔다.

대학 입학이 결정되자마자 나는 집을 나와 창문도 없는 고시원 생활을 시작했다. 집이 서울이어서 통학에는 아무 문제가 없었지만, 성인이 되었으니 내 힘으로 생계를 꾸려가며 부모님의 간섭이나 통제에서 하루라도 빨리 벗어나고 싶은 마음뿐이었다. 과외 교사와 학원 강사로 일하면서 경제적으로 그리고 정서적으로 독립을 한 것까지는 좋았지만, 중고교 시절 내내 짓눌렸던 압박에서 벗어나 갑작스럽게 주어진 시간과 자유를 관리할 줄 몰랐다는 것이 문제였다. 학교에는 적응하지 못했고 시간과 돈을 갖게 되면서 생기는 불균형과 외로움에 점점 잠식되어갔다.

나이를 한참 먹고 나서야 이런 경우 빠르게 포기하고 새로운 도전을 하는 게 맞다는 걸 알게 되었지만 어리고 미숙했던 나는 그저 그 시간을 무의미하게 버티기만 했다. 지금의 나였다면 관심도 없고 흥미를 느끼지 못하는 전공을 선택하지 않았을 것이고, 내가 스스로 목표를 설정해서 재미있게 공부하지 못할 것을 느끼면 빠르게 포기하고 다른 길을 찾았을 것이다. 첫 대학 생활 실패를 통해 큰 교훈을 얻은 셈이다.

어쨌든 나의 20대 초중반, 이른바 청춘이라고 하는 시절은 학교생활 대신 꽤 수입이 높은 학원 강사일과 몇 번의 연애, 산악회 동아리 활동으로 채워졌다. 시간이 지나 되돌아보니 이 시기에 사회생활의 기본이 되는 모든 것, 즉 어떤 마음가짐으로 돈을 벌어야 하는지, 사람의 마음을 얻고 좋은 관계를 맺기 위해 어떻게 노력해야 하는지 등을 배우고 경험해보았던 것 같다. 물론 당시에는 또래보다 돈을 많이 벌어도, 여자친구와 재미있게 놀아도 고시원이나 자취방에 돌아오면 허무하고 나의 미래가 불안하게만 느껴졌다.

결국 5년 만에야 학교를 자퇴하고 상명대학교 수학교육과에 입학했지만 한 학기 만에 그만두고 군에 입대했다. 전역 후 다시 대학수학능력시험을 치르고 28세에 인천대학교 동북아통상학과에 입학했다. 복학생도 아닌 여덟 살이나 많은 신입생이니 역시 적응이 쉽지는 않았다. 한참 어린 동기들과 어울릴 방법이 없어 외롭기도 했지만, 그래도 정신을 차리고 취업을 목표로 열심히 공부했다. 인천대학교에서는 성적이 우수했고 1년간 교환학생으로 미국 유타대학에 다녀오면서도 7학기만에 조기졸업도 했다.

이런 20대를 거쳐 도달한 지금, 나의 인생을 실패했다고 말하지 않는다. 이때 겪었던 방황이 결국 인생에 도움이 되는 과정이 되었기 때문이다. 그 시절, 그토록 헤매지 않았더라면 바로 지금 이 자리에 있지 못할 확률이 100퍼센트라고 생각한다. 입학, 자퇴, 다시 치른 수

능과 입학 등은 모두 내가 선택한 것이다. 아무도 강요하지 않았다. 그렇게 내가 선택한 인생이기에 더 책임감을 갖게 되었고, 조금 돌아가더라도 좋은 결과를 얻기 위해 계속 고민하고 노력할 수 있었다.

어쩌다 보니

생계형 변호사

고등학교 졸업 후 변호사가 되기까지 20여 년을 한마디로 이야기하면 내 자리를 찾지 못해 어디로 갈지 모르고 갈지자로 비틀비틀 걸어왔던 것 같다. 그런데 당시에는 막막하고 어려웠던 조건과 환경이 나중에는 나에게 도움이 되었던 것을 뒤늦게 알 수 있었다.

5년간 다니다가 중퇴한 식품영양학과에 15년 만에 복학해서 졸업한 후 지금은 식품전문변호사로 일하고 있지만, 식품회사에 근무한 적도 없고 관련 모임이나 단체에도 참여하고 있지 않으니 학연이나 인맥이 전혀 없다고 할 정도다. 어찌 보면 내 일을 하는 데 핸디캡일지도 모르겠으나 역설적으로 과거의 인간관계에 얽매일 일이 없고 괜한 눈치싸움을 하지 않아도 되어서 일에 대한 집중도가 높고 마음도 편하다. 또 식품학에 대한 전문적인 지식이 높지 않아서 아는 척을 하고 싶어도 못하는데, 그걸 두고 전문가들은 나를 겸손하다고 평가하니 그야말로 모르는 게 약이 된 경우다.

2005년에 지역인재추천제라는 것이 시행되었다. 공무원은 거의 대부분 시험을 통해 공채되는데 충원 경로를 다양하게 하고 민간의 우수한 인재를 발탁하여 공무원 조직에 활력을 불어넣겠다는 취지였고, 시도별로 매년 두 명씩 선발해서 1년에 50여 명을 교육시켜 각 부처로 배정하는 획기적인 제도였다. 그런데 이 제도로 선발된 사람에게 바로 6급을 부여했기 때문에 기존 공무원들의 반감이 적지 않았다. 그 취지는 좋았지만 배타적인 공직사회에 적용하기에는 다소 무리가 있어 보였는데 몇 년 후 1년 견습 기간을 거쳐 7급을 부여하는 것으로 변경되었다고 한다.

그 당시 나는 늦은 나이에 대학 졸업장을 받고 인천 남동공단에 소재한 다이아몬드공구회사에 다니다가 인천 경제자유구역청 계약직 공무원으로 근무하고 있었다. 쉽게 말해 우리나라에서 사업을 하도록 외국 회사들에게 영업을 하는 일이다. 외국 출장도 많고 특수한 업무여서 재미있게 일하고 있었지만 계약직이라 불안한 상태가 계속된 상황이었다. 그때 내가 졸업한 인천대학교의 추천을 받아 지역인재추천제 2기로 선발되어 6급 공무원으로 새로운 일을 할 기회를 갖게 되었다.

식품의약품안전처에 배치 받아 출근한 첫날, 나를 맞이한 것은 "당신 같은 방식으로 채용된 사람은 공무원으로 인정하지 않는다"라는 운영지원과장의 날 선 한마디였다. 그것이 어디에나 유독 텃세를 심하게 부리는 사람이 있지 하며 그냥 넘길 만한 태도가 아니라 조직 전체에 암묵적으로 팽배해 있는 분위기임을 알아차리는 데는 오래 걸리지 않았다. 발령 받은 과에서는 몇 달 동안 나에게 아예 아무 업무도 주지 않으며 유령 취급을 했다. 나는 자리에 앉아 인터넷 쇼핑과 웹 서핑으로 시간을 보내거나 그것도 견디기 힘들어지면 밖으로 나가 몇 시간씩 쏘다니다가 돌아왔다. 정당한 절차를 거쳐 공직에 들어온 내가 왜 이런 따돌림과 박대를 받아야 하는지 이해하기 어려웠지만 불합리함에 대응할 방법도 알 수 없었다.

시간이 어느 정도 지난 후 업무도 배당받았지만 '우리와 다른 방식으로' 채용된 사람에 대한 은근한 따돌림과 배척은 여전해서 나의 의사와는 상관없이 '조직에 잘 적응하지 못하는 사람'으로 2년여를 지냈다. 그래도 지금은 '식약처 출신' 변호사로 나를 소개하며 전문성을 강조하고 있고, 당시에 눈에 띄지 않게 묵묵히 일만 했던 나에 대해서 좋은 기억을 갖고 계신 몇몇 분들이 변호사로서의 나를 여러모로 도와주시니 지난 시간에 대한 보상을 받는 기분이다. 인생의 아이러니라고 할 만하다.

변호사로 인생의 항로를 바꾼 것도 사실상 공무원으로 일해본 경험 덕분이기도 하다. 어느 날 우연히 법학전문대학원(로스쿨)이 생긴다는 기사를 보고 다분히 충동적으로 지원할 결심을 했는데, 무엇이든 이 생활보다는 낫겠지 하는 생각이었다. 하지만 대학 재학생도 아니고 20대도 아닌, 30대 후반에 그 도전이 만만했을까. 37세에 처음 펼친 민법책은 외국어보다 어려웠고, 1년 내내 법률 용어를 익히느라 성적은 바닥이었다. 불행 중 다행으로 입학 후 2주 만에 사랑하는 사람을 만나고 연애하고 결혼해서 첫아이를 낳았는데 가족이 생기니 절실함과 책임감으로 무장하고 무사히 졸업만 하는 것을 목표로 달렸다.

로스쿨 졸업 후 진로를 결정하는 것은 간단했다. 현실

을 냉정하게 판단해보았을 때 나의 성적이나 상황으로 는 대형 로펌에 취직하거나 판검사로 임용되는 것은 불 가능하니 '저렴한' 비용으로 변호사 사무실을 개업하기 로 했다. 그야말로 생계형 변호사, 소자본 자영업자의 길로 들어선 것이다.

하루라도 빨리 자리를 잡아야 해서 사무실을 열자마 자 쉬지도 않고 바쁘게 달렸다. 학연도 없고 뒷배도 없 으니 변호사로서의 나를 스스로 알리고 사건을 수임해 야 했다. 식약처 공무원 출신의 식품전문변호사로 포지 셔닝하고 신문기사들을 모두 뒤져 식품 관련 기사를 작 성한 기자들에게 소개 메일을 보냈다. 전문지에도 10년 넘게 꾸준히 칼럼을 게재했고, 블로그도 개설해서 주기 적으로 글을 올렸다. 처음부터 완벽한 전략을 세우고 한 일은 아니었지만 고액의 포털 사이트 광고보다도 더 효과적인 마케팅이 된 셈이다. 이런 노력들의 결과로 지금은 자문회사만 30개가 넘고 적지 않은 금액의 상담 료와 수임료를 받는 국내 유일의 식품 전공 식품전문변호사가 된 것이다.

만약 내가—그렇게 되지도 못했겠지만—처음부터 번 듯한 기업형 로펌에서 안정적인 월급을 보장받으며 일을 시작했다면, 10년이 지난 지금 어떻게 되었을까. 적 어도 지금처럼 의미 있는 성과를 거두지도 못하고 내일에 자부심이나 전문성을 갖지도 못했을 것 같다.

당시에는 완전하게 실패한 것 같고 잘못 들어선 길처럼 보일 수도 있지만, 결과는 예상과 달라질 수 있다. 너무 일찍 벼락스타가 되는 사람도 있지만 눈에 띄는 듯 안 띄는 듯 잔잔하게 활동하던 조연급 배우가 중년에 갑자 기 인지도가 높아지며 큰 사랑을 받는 경우도 있지 않 은가. 낮은 확률에 기대기보다는, 굴곡과 변수가 많은 인생의 사건들을 받아들이고 그때그때 적응하면서 이 겨낸다면 반드시 기회가 오고 곧 더 나은 인생을 살 수 있다는 강력한 믿음을 갖게 되었다.

인생은 초단위로 가치가 변하는 암호화폐나 상장 주식이 아니다. 단기적으로는 절대로 그 사람의 인생을 평가할 수도 없고, 평가해서도 안 된다. 그러니 너무 일찍 실망할 필요도 없다. 최소한 5년, 10년이 지나야 그때 내가 했던 행동이나 당시 상황이 제대로 평가될 수 있다. 그리고 그렇게 차곡차곡 쌓여서 지금의 내 인생이 완성된다.

젊었을 때 많이 방황도 하고 쉽게 실망하기도 했지만, 언제부터인가 나의 생각이 달라졌다. 자신이 힘들다고 느낀 인생도 타인의 시선에서는 다를 수 있고, 나 스스로도 어떤 시점에서 보는지에 따라 평가가 달라질 수 있음을 알게 되었다. 그래서 당장의 처지에 지나치게 비관하지 않으려고, 반대로 너무 고무되어 안하무인이 되지 않으려고 한다. 인생은 계속 변해가고 언제 무엇이 닥칠지 아무도 모르니 항상 겸손하자고 스스로를 다잡는다.

지나치게 최선을

다하지 않는다

나는 게으르다. 나를 가장 잘 아는 사람인 아내의 판단
이니까 정확하다.

나는 변호사이면서 보험설계사이자 민간자격증 교육
사업도 하고 있다. 식품전문변호사 특성상 하루걸러 전
국을 누비며 재판을 다니는 한편 매일 아침 수영도 하
고 한 달에 서너 번 골프도 친다. 퇴근하면 사남매랑 놀
아주며 목욕도 시키고 막내 재우는 일은 내가 전담한

다. 휴일에도 이것저것 공부하러 다니는데 최근에는 추리소설 쓰기 강좌에 가서 아이디어를 많이 얻었다.

이런 나에게 다른 사람들은, 잠은 몇 시간이나 자냐고, 참 부지런한가 보다고 말한다. 하지만 그것은 남의 시선일 뿐, 실상은 그렇지 않다. 다시 한 번 말하지만 나는 천성이 게으르고, 누워서 뒹굴뒹굴하는 것을 제일 좋아하며 매일 일곱 시간 이상 충분히 자야 제대로 활동할 수 있다. 그런데 어떻게 이 많은 일을 다 하냐고 묻는다면, 답은 간단하다. 아주 열심히, 최선을 다하지 않아도 되는 일만 골라서 하면 된다.

솔직히 말해, 살면서 어떤 일에 내 모든 시간과 노력을 쏟아부어 열심히 했던 적은 고등학교 때 대학 입시 준비했던 것을 제외하고는 한 번도 없다. 뒤늦게 로스쿨에 입학할 때만 해도, 다시 고등학생 때로 돌아간 것처럼 공부에만 매진하겠다고 굳게 다짐했건만, 그 다짐이 무색하게 연애와 결혼과 첫아이 탄생이 1년 사이에 속

전속결로 이루어졌다. 주중에는 부산에서 학교를 다니고 주말이면 가족이 있는 울산에 가서 아이를 보고 돌아오고는 했는데 힘들지 않고 행복하기까지 했다. 물론 그렇다고 해서 공부에 소홀하지는 않았지만 기본적인 지식과 용어를 익히는 것만으로도 허덕였고 공부해야 하는 양이 워낙 많아서 숨이 찼다. 로스쿨 1기의 변호사 시험 합격률이 87퍼센트에 달했던 건 나에게는 행운이었다.

20대 시절, 주변에 사법시험이나 행정고시 준비를 하는 사람들이 많았지만 도전하고 싶다는 생각을 전혀 하지 않았다. 합격률이 낮은 시험에 내 인생을 걸고 싶지 않았기 때문이다. 하지만 2009년 출범한 로스쿨은 정원 2,000명 중 1,500명 수준의 합격을 보장하기 때문에 안정적인 공무원 생활을 포기할 생각을 하고도 도전하지 않을 이유가 없었다. 과정만 충실히 이수한다면 어렵지 않게 합격은 할 수준이라고 기대했기 때문에 사법시험처럼 모든 생활을 반납할 필요가 없었다.

로스쿨에서의 공부뿐만 아니라 그전에 직장을 다닐 때도, 지금 변호사로 일하면서도 그 일에 내 모든 시간과 노력을 100퍼센트 투입하지는 않는다. 나에게 사건을 의뢰하신 분들이 들으면 걱정하거나 신뢰하지 못할 말일까. 하지만 일을 대충 한다는 의미는 절대 아니다.

일단 사건을 맡게 되면, 쟁점을 정확히 파악하고 관련 판례들을 찾아서 의견서나 준비 서면을 작성하는데 이때 나는 최소한의 적정 분량으로 빠르게 마무리하려고 노력한다. 그런데 상대편 변호사, 특히 대형 로펌의 변호사들은 동일한 쟁점에 대해서 중언부언하는 식으로 양을 늘려 내가 다섯 장 정도로 작성한 서면을 수십 장으로 제출하는 경우가 다반사다. 만약 서면의 양으로 재판을 한다면 나는 번번이 패소하는 변호사일 것이다.

드라마나 영화 속 재판은 언제나 불꽃이 튀고 첨예한 대립으로 그려지지만 현실의 소송은 절대 그렇지 않고, 현행법을 정확하게 잘 적용해서 재판부에 핵심을 전달

하는 능력이 중요하다는 것이 나의 생각이다. 양이 아닌 질로 효율적으로 승부하다 보니 나의 승소율은 매우 높다.

본업 말고도 가정에도 나름대로 충실히 하고 개인적인 취미와 공부도 동시에 할 수 있는 비결이 바로 이것이다. 나는 모든 것에 100점 만점을 받아야 한다고 생각하는 완벽주의자가 아니다. 아니, 완벽주의자가 될 수 없을 뿐만 아니라 오히려 완벽주의자의 정반대로 살아야 한다고 생각한다. 그보다는 굳이 말하자면 간결주의자, 핵심주의자라고 해야 할 것이다.

나는 중요한 핵심, 반드시 해야 할 의무는 꼭 지키지만 불필요한 형식이나 요소에 관심도 없고, 신경을 쓰지 않는다. 굳이 맛집을 찾아다니는 수고도 하지 않고, 식당에 갔는데 대기하는 줄이 길면 근처에 비슷한 메뉴가 있는 음식점에 간다. 발표 자료를 만들기 위해 멋진 템플릿을 찾거나 각종 도형이나 서체, 그래픽을 넣는 데 불필요한 시간을 쓰지 않는다. 동일한 판결문을 여러 개 붙여서 서면을 길게 만들기보다 이론과 관련 법조항을 간결하게 설명한다.

자격증 시험공부를 할 때도 너무 어려워서 이해가 잘 되지 않거나 실무에 도움이 되지 않는 이론에 치중한 내용이면 그냥 넘어간다. 일처리도 형식적인 것은 직원에게 자율권을 주고, 중요한 내용이 빠지지 않았는지만 확인한다. 미팅이나 상담도 마찬가지로 효율적인 진행을 우선시하고, 쉽게 설명하는 데 중점을 둔다.

불필요한 신경전을 벌이지 않고 핵심만 정직하고 담백하게, 꼭 필요한 힘만 쓰기 위해서는 나에게 지금 중요한 일이 무엇이고 무엇을 우선으로 해야 하는지 파악하고 선택해야 한다. 너무 열심히 모든 것에 최선을 다한다는 것은 오히려 나의 처지와 상황을 제대로 모른다는 말일 수도 있기 때문이다.

커트라인 60점

시험만 도전한다

최근에 나는 보험설계사 시험, 펀드투자권유대행인 시험, 변액보험판매관리사 시험, 한식조리사 필기시험 등에 응시했다. 이들은 모두 합격 기준이 60점이고 객관식으로 출제되어 내 공부 방식이 가장 잘 맞는 시험이었다. 이런 시험들은 아예 기출문제나 예상문제에 답을 먼저 체크해놓고, 이론서는 한두 번만 읽어보고 바로 문제집을 반복해서 풀어보는 것이 최고다. 커트라인이 60점인 경우는, 일단 기본 상식으로 40점을 확보할 수 있는 난이도이고, 핵심 내용을 파악해서 답안을 작성하면 합격점을 얻는 데 크게 어렵지 않다. 여기에 조금만 더 공부해서 준비하면 70점 이상을 받아 안정적으로 합격할 수 있다.

지난해에도 전문대학 입시에 도전한 적이 있다. 당연히 수능을 다시 준비해서 응시할 엄두는 나지 않았는데, 중학교 때 취득한 정보처리기능사 2급 자격증과 고등학교 생활기록부로 가능한 특별전형에 응시한 것이다. 앞으로 가야 한다면 쉽게 가는 방법을 찾는 것이 우선이다. 이것은 꼼수를 부리는 것이 아니다. 해야 할 일이 있고 목표가 생겼다면 올바른 방향을 잡아서 시작하는 것이 중요하기 때문이다. 그리고 일단 시작하면 중단 없이 꾸준히 나아가야 한다.

그런데 너무 완벽하게, 너무 잘하려고만 하면 힘이 들어가고 중도에 지쳐서 계속 유지할 힘이 없어지는 경우가 많다. 나 역시 처음부터 체력 안배를 못하고 무리하게 힘을 들이는 방식으로 시도한 일들은 아주 빠르게 중도 포기로 끝났다.

이렇게 내가 60점 커트라인 시험에만 도전하는 이유는 멈추지 않고 진행하기 위해서다. 나아가지 못하고 제자리걸음만 하는 것 같으면 금세 지치고 힘들어지고 짜증이 난다. 그러면 원래 그 일을 하고 싶었던 좋은 마음이 사라져버린다.

나는 인생에서도 마찬가지로 100점이 아닌 60점을 커트라인으로 잡아야 한다고 생각하고 언제나 그것을 목표로 하고 있다.

대부분의 사람은 여러 가지 역할을 동시에 수행해야 한다. 직장을 다니면서 가정을 돌보아야 하고, 학교에 다니면서 연애와 아르바이트를 해야 한다. 본업 외에 새벽이나 주말의 여유 시간을 이용한 사이드잡을 갖고 있는 사람, 자신이 속한 모임의 총무도 하면서 연로하신 부모님을 부양하는 사람 등 태어나서 한 가지 역할이나 일을 하는 사람은 없고 상황에 따라 목적이나 의무도 달라진다. 그래서 여러 가지 일을 모두 다 완벽하게 잘 해내려 하면 안 된다. 그러다 보면 번아웃 증상이 오고 그로 인해 더 오래 멈추고 쉬어야 할 수도 있다.

인생에는 '에너지 총량의 법칙'이 있다고 믿는다. 내내 100미터 달리기를 하듯 전력질주를 할 수 없다. 필요와 계획에 의해 때에 따라서는 정말 죽을힘을 다해 집중하고 자신의 모든 것을 쏟아부어야 할 수도 있다. 하지만 긴 인생 동안 왜 자기를 닦달하며 살아야 할까. 인생 레이스 중간중간에 잠시라도 짬을 내어 반드시 게을러져야 한다고 생각한다. 이기적으로 보이더라도 스스로의 몸과 마음을 편하게 돌보며 주변을 돌아보는 시간을 가져야 하는 것이다.

지금 당장 하는 일에만 모든 노력과 힘을 집중하다가 실패할 수도 있으니 보험을 드는 차원에서라도 약간은 여유를 가져야 한다. 그래야 예상하지 못한 만일의 상황에 대비하거나 감정을 수습할 수도 있음을 여러 번의 경험을 통해 알게 되었다.

우리의 인생은 자연스럽게 굴곡을 그린다. 그래서 원하지 않아도 여러 번 바닥을 칠 수밖에 없고, 넘어졌다가 다시 일어날 때 속도와 체력이 중요하다. 이때 필요한 게 바로 내 마음의 여유인 것이다.

설령 커트라인 60점에 못 미쳐 시험에 합격하지 못하더라도 오버페이스를 하지 않았기 때문에 상처와 좌절도 아주 크지는 않다. 그래서 다시 툭툭 털고 일어나기도 쉽다. 이렇게 나는 여유가 생길 때마다 작은 목표, 부담 없이 달성할 수 있는 것, 60점으로 충분히 합격할 수 있는 시험부터 시작해왔다. 그를 통해 성취감도 점점 커졌고 잦은 회복의 경험을 통해 회복탄력성도 단단히 가질 수 있었다.

그러니 너무 크고 높은 목표만 쳐다보며 지레 겁을 먹지는 말자. 고민만 하며 머뭇거리기보다는 일단 시도해보는 것이 무엇보다 낫다.

나의 열 번째 직업,

변호사

근래 변호사의 스펙이나 전문성이 매우 다양해지고 있지만 여전히 많은 사람들이 생각하는 전형적인 변호사는 명문대 법대 출신의 사법고시 합격자일 것이다. 실제로 대법관, 헌법재판관, 고등법원 부장판사, 대형 로펌 파트너 변호사 들의 프로필은 대체로 그렇다. 그에 비해 나는 법학전문대학원, 그것도 부산 소재 동아대학교 로스쿨 출신이다. 일찍부터 법조인을 꿈꾸었던 것도 아니고 여러 직업을 전전한 끝에 변호사가 열 번째 직업이 되었으니 다른 변호사와는 조금 다른 길을 걸어온 것은 확실하다.

로스쿨에 도전할 때 대단한 결심이나 동기가 있었던 것은 아니다. 식품의약품안전처에 근무하면서 내가 생각했던 공무원 생활이 아니었기 때문에 어쩌면 그곳을 탈출하고 싶었던 마음만이 절실했을 것이다. 우연히 로스쿨이 생긴다는 기사를 접하고는 토익 성적만 급히 준비했고 시험 준비에 시간을 많이 쓰지도 못했다. 그래서 동아대학교 로스쿨도 겨우 추가 합격되어 입학 무렵에 부산으로 이사해서 그때야 난생처음 민법책을 펼쳤으니, 지금 생각하면 무모했고 무지해서 용감했던 것 같다. 당시 로스쿨에는 나처럼 직장생활을 하다가 들어온 사람들이 적지 않았지만, 나는 거기에 결혼생활과 육아까지 병행하며 수업 진도 따라가기가 벅차기는 했다. 만약 1회 변호사시험 합격률이 87퍼센트에 달하지 않았다면 당연히 불합격했을 것이다.

그러나 다른 직업들도 그렇겠지만 변호사 역시 입학 성적이나 자격증 시험 성적이 업무 능력에 직결되는 것은 아니다. 로스쿨에 추가로 겨우 합격하고 커트라인을 약간 상회하는 정도로 어쨌든 변호사가 되었고 그 후 지금까지 내 일은 잘해내고 있다고 자평한다. 운이 좋거나 머리가 비상해서가 아니라 생활력이 강하고 나의 상황에 맞게 현실적인 계획을 세울 줄 알며 책임감이 강하다는 평가가 옳을 것이다.

변호사 자격증 취득 후, 나이 마흔의 새내기가 갈 수 있는 곳은 전무해서 곧장 개인 변호사 사무실을 개업했다. 직원 채용은 꿈도 꾸지 않고 온전히 처음부터 끝까지 내 손과 발로 일했다. 문서 수발은 물론이고 법원에 가서 기록 복사도 당연히 직접 했다. 새벽 출근이나 야근은 기본이었다. 그러면서 계속 생각했다. 다른 변호사들과 경쟁해서 이길 수 있는 무기가 무엇인지, 그리고 변호사 김태민을 어떻게 알려야 할지를 고민했다.

로스쿨 제도 도입 후 우리나라 변호사 수는 급격히 늘어나서 현재 변호사협회에 등록된 변호사만 3만 명이 넘는다. 우리나라 인구의 두 배가 넘는 일본의 경우 변호사를 1년에 1,500여 명을 뽑는 데 비해 우리는 매년 2,000명 가까이 배출되니, 변호사간 경쟁 악화와 수입 감소는 필연적이다. 즉 로스쿨과 자격증 시험을 통과했다고 해서 모든 것이 보장되지 않는다. 변호사가 되었지만 당장 사무실 임대료를 제외하고 공무원 시절 받던 월급만큼 벌 수 있을지 걱정이 앞섰다. 이제 막 개업을 한 입장에서 내가 몇 건의 사건을 수임하고 어느 정도의 매출을 올릴지 가늠조차 되지 않았다. 내가 변호사 되기만을 기다린 고객들이 있는 것도 아니고, 수만 명의 변호사 중 한 명에 불과한 입장에서 그야말로 모든 체면을 벗어버리고 영업에 나서야 했다. 짧다면 짧은 인생 동안 남들보다 여러 대학과 직장을 들락거리느라 도움을 청할 지인들이나 기댈 만한 학연도 없는 편이었으니 그 대신 식품의약품안전처 근무 이력을 적극적으로 활용하기로 했다.

식품 관련 기사를 작성한 기자들에게 나를 소개하는 메일을 무작정 보내는 것이 그 시작이었는데, 그중 한 사람이 관심을 갖고 인터뷰를 요청해왔다. 그것을 보고 식품 관련 전문 매체의 칼럼 의뢰를 받았고 그 이후 식품위생심의위원, 건강기능식품심의위원 등 전 직장 식품의약품안전처의 다양한 전문회의에 참여하게 되었다. 그러면서 자연스럽게 변호사로서의 나의 무기를 갖춰갔다.

우리나라에 존재하는 4,000여 개의 법령 중에서 식품위생법이나 축산물위생관리법 관련 사건을 해본 변호사는 아주 많이 잡아도 5퍼센트도 되지 않을 것이다. 3만 명의 변호사 중 5퍼센트 즉 1,500명 중에서 식품을 전공한 변호사는 1퍼센트도 되지 않을 것이며 그 15명 중 식품의약품안전처에 근무해본 변호사는 없다. 결국 식품을 전공하고 식품의약품안전처에 근무한 변호사는 우리나라에서 내가 유일하니 나보다 법을 잘 아는 변호사는 많겠지만 식품 분야는 해볼 만하다는 생각이 들었다.

역으로도 생각해보았다. 매년 대학에서 식품을 전공한 졸업생 5,000여 명이 배출된다. 그러니까 내가 태어난 1970년대부터 40년을 잡으면 약 20만 명의 식품 관련 학과 졸업생이 있는데, 그중 사법고시나 변호사 시험을 통과한 사람은 0.1퍼센트나 될까. 그 200여 명 중 식품 사건을 담당한 변호사는 역시 20명, 10퍼센트도 안 될 것이고 그중 식품의약품안전처 근무 경력이 있는 사람은 한 명도 없다.

이렇게 생각해보니 내가 활동할 영역이 확연하게 드러났다. 남들과 비교해서 눈에 띄는 스펙은 없지만, 나만이 잘할 수 있는 분야를 스스로 생각해낸 것이다. 대한변호사협회에 식품의약전문변호사로 공식 등록하며 식품 관련한 업무를 계속 늘려가고 있다. 식품 관련 소송뿐만 아니라 30여 개 이상 식품기업과 업체들의 고문변호사이면서 식품위생감시 공무원과 식약처 공무원들의 식품위생법 교육도 맡고, 매주 두 편의 전문 칼럼을 쓰고 있다. 그 덕분에 식품 관련 학회나 소비자단체들의 임원으로도 활동한다. 이전의 경험과 현재 상황을 냉정하게 분석하고 가능성 있는 길이 어디 있는지 기회를 잘 포착했기 때문에 개업 후 오래지 않아 자리를 잡을 수 있었다.

식품전문변호사로서 경쟁력을 가진 이후에도 두 번째 무기를 갖기 위해 끊임없이 고민하고 탐색을 했다. 그리고 찾아낸 것이 바로 보험 시장이다. 보험 상품 하나쯤 가입하지 않은 사람이 없어서 포화상태로 볼 수도 있다. 그런데 자문회사가 늘어나다 보니 법인에서 발생하는 노무, 산재 사건 등도 많았고, 등기 업무까지 하면서 정관 등을 보다가 임원들의 퇴직금까지 보험이 개인 생활은 물론 회사에서도 필수 요소라는 것을 알게 되었다. 기업들도 단체보험부터 생산물배상책임보험, 화재보험까지 다양한 보험에 가입되어 있기 때문에 보험과 관련된 시장은 충분하게 형성되어 있다.

이를 보고 식품전문변호사가 되면서 익혔던 과정을 그

대로 적용하면 된다는 생각이 들었다. 그래서 먼저 보험설계사 자격증을 취득했고, 생명보험과 손해보험 설계사 시험에도 연이어 합격했다. 또한 보험 판매뿐만 아니라 전체적인 자산관리 컨설팅을 하기 위한 AFPK라는 재무설계사 시험도 도전해서 부분 합격을 한 후 최종 자격증 취득을 위해 준비 중이다. 이 분야의 전문성을 견고히 하기 위해서 손해사정사 자격증을 취득하는 것이 얼마나 도움이 될지도 알아보고 있다. 아직 탐색 단계라 자격증 취득 현황을 살펴보고 업계 정보 등을 취합하고 있는데 본격적으로 시도할지 말지를 곧 결정할 예정이며 공인중개사 시험 1차도 합격했다.

외국에서는 이미 보험설계가 재무설계, 자산관리의 한 부분이며 변호사 같은 전문가가 참여하는 사례가 많다고 들으면서 더욱 확신이 생겼다. 게다가 아직까지 보험설계사로 성공한 변호사가 없다는 것도 나의 호기심을 끌기에 충분했다. 경쟁이 심한 변호사 사회에서 어중간한 실력으로 승부를 보는 것은 아무리 생각해도 나에게는 역부족이라고 판단했다. 게다가 극심한 경쟁 속에서는 공격적인 마케팅이 불가피한데, 과도한 광고비를 쓰면 매출이 높아져도 비용 부담으로 수익이 나빠지는 최악의 구조가 위기가 될 수 있다. 그래서 틈새시장을 찾아내고 작지만 안정된 환경을 스스로 만들어 그 안에서 소소하게나마 성취하고 더 나아가 1인자가 될 수 있다는 것이 나에게는 더 재미있고 행복한 경험이다. 그래서 식품 분야의 경험을 살려서 새로운 보험, 자산관리 시장까지 개척하겠다는 도전을 진행하고 있는 것이다. 특별한 나만의 영역이 곧 계속 앞으로 나아가는 데 든든한 보호막이 될 것을 기대하면서 말이다.

배우는 일이라면

무엇이든 일단 해보자

공식적으로 기재하는 나의 학력은 서울대학교 졸업(식품영양학과), 인천대학교 졸업(미국통상, 중국통상 전공), 인천대학교 동북아통상학과 대학원과 동아대학교 법학전문대학원 석사 학위 취득이다. 이 외에도 한국방송통신대학교 중어중문학과와 유아교육학과를 각각 2년, 4년 다녔는데 졸업장은 받지 못했고 상명대학교 수학교육과를 한 학기 다니다가 중퇴했으며 인천대학교 물류전문대학원 박사과정도 한 학기 다니고 그만둔 경험이 있다.

학교에 못 다닌 한이 있는 것도 아닌데 여기저기 다니면서 쓸데없이 돈과 시간을 낭비한다는 소리도 많이 들었다. 참, 최근에는 청강문화산업대 웹소설창작전공에 도전해서 합격했지만 수강신청 직후 등록을 포기하기도 했다.

평소에 배우는 것 그리고 여행 다니는 것에는 돈을 아끼지 않으려고 한다. 그렇다고 배우는 것에 돈이 아주 많이 든다고 생각하지도 않는다. 예를 들어 한국방송통신대학의 경우 계열마다 다르지만, 한 학기 등록금은 교재비를 포함해도 40만 원 수준이다. 아주 단순하게 생각해도 월 10만 원 정도의 교육비이고, 웬만한 학원 수강료보다도 저렴하다. 그 비용에 비해 내가 학교를 다니면서 새롭게 배우는 것의 가치는 매우 컸다. 수업 자체도 유익했고 학교에 가기 위해 생활을 더욱 계획적으로 하게 되는 것도 좋았다.

성격상 나는 한 가지 일에만 몰두해서 좋은 성과를 얻

기보다는, 여러 가지를 동시에 시도할 때 삶을 효율적으로 계획해서 살게 된다는 것을 알았다. 그래서 직장에 다니면서 언제나 쉬지 않고 대학원이나 한국방송통신대학교를 다녔고, 각종 학원 등에 등록했었다. 비록 늘 성적이 좋았던 것은 아니고 졸업까지 가지 못한 경우도 많았지만 나태하게 널브러져 있거나 직장과 집을 시계추처럼 다니는 일을 반복하지 않은 것으로도 충분했다.

덤으로 이 과정에서 알게 된 사람들을 통해서 새로운 일을 제안받기도 했다. 국제통상학 석사 학위를 받은 후 인천전문대학의 겸임교수가 되어 일과 학업을 병행하는 훌륭한 학생들을 만나게 되었다. 15년이 지난 지금도 몇몇 분과는 계속 연락을 취하며 서로 도움을 주고받고 있다. 내가 직장생활만 했다면, 학교에 다니며 계속 공부를 하지 않았더라면 절대로 가지지 못했을 경험과 소중한 인연이다.

배우고자 하는 열의와 관심사가 모두 업무와 당장 관련이 있는 것은 아니다. 내가 무엇을 배우든 지원과 응원을 아끼지 않는 아내조차도 내가 드라마작가교육원을 다닐 때만은 참 엉뚱하다며 의아해했다.

평소에 드라마 보는 것을 정말 좋아하는데 그것에 그치지 않고 드라마 작가에도 도전해보고 싶어졌다. 서류와 면접 전형을 통해 한국방송작가협회 교육원에 입학하여 3개월 동안 매주 강의를 들었다. 이전까지는 전혀 경험해보지 못한 내용을 배우니 재미있어서 밤잠을 줄여가며 작품도 써보았다. 물론 나의 작품은 좋은 평가를 받지는 못했지만 지금도 드라마 〈나의 아저씨〉 대본집을 읽으며 작법과 구성을 따져보기도 한다.

3년째 매주 월요일 아침에는 지역복지회관에서 클래식 기타 연주도 배우고 있다. 이것 역시 아무 이유 없이 그저 좋아서 시작했는데 일이 바빠서 한 달에 겨우 한 번 수강할 때도 있지만 크게 부담을 느끼지 않으며 즐기는 시간이다. 여전히 악보를 보고도 어설픈 연주를 하는 수준이지만 덕분에 나를 위해서 100만 원짜리 클래식 기타를 사서 어깨에 메고 다닐 때 느끼는 여유가 행복하다.

최근에는 클래스101, 에어클래스 등 온라인 교육 사이트나 어플리케이션이 넘쳐나서 굳이 시간을 내어 학원에 다니지 않아도 내 스케줄에 맞추어 공부할 수 있다. 아니면 크몽이나 숨고 같은 플랫폼을 통해 필요한 내용을 일대일로 배울 수 있다. 실제로 10년간 운영해온 내 블로그를 리뉴얼하기 위해 알아보다가 숨고를 통해 유명 블로거로부터 세 시간 개인 강의를 들었는데 생각보다 유용한 정보를 많이 얻었고 친분도 갖게 되어 아주 좋았다.

지금도 추리소설이나 웹소설 작법을 배울 수 있는 강좌나 인터넷 강의를 찾아보며 직접 수강하기도 한다. 언젠가는 미스터리 드라마를 꼭 써보고 싶기 때문이다.

또 아이패드를 활용한 그림 그리기나 힙합 작곡, 랩 메이킹에 관한 온라인 강의를 위시리스트에 넣어두고 시간을 내려고 노력하고 있다. 언젠가는 영양사 면허증을 가진 사남매 아빠인 식품전문변호사가 아이들에게 좋은 음식이나 알아두면 좋을 영양성분을 랩으로 소개하는 유튜브 채널을 만들고 싶기 때문이다. 이 모든 게 생각만 해도 재미있다.

이렇게 다양한 분야에 관심을 두게 된 이유는 당시에는 그저 재미로 배웠던 것들이 나중에 일과 관련되거나 도움이 컸던 경험을 하게 되면서다. 처음에는 그런 의도가 아니었음에도 말이다. 한 라디오 프로그램에 고정 출연을 섭외 받았을 때, 대본을 내가 직접 쓰겠다고 제안을 한 적이 있었다. 그래서 격주마다 나의 대본으로 방송을 하는 재미있는 경험을 했는데, 만약 드라마작가 교육원에 다니지 않았다면 생각하지 못했을 것이다.

누가 시킨 것도 아니고, 잘하지 못할 것을 알지만 그냥

해보고 싶어서 한다. 이 도전을 방해하는 것은 오로지 나의 의지와 한정된 시간뿐인데, 드라마 보는 시간을 줄이면 가능하다. 이렇게 하나하나 시도하다 보니 운 좋게 변호사나 민간자격증 사업처럼 성공한 것도 있다. 아무것도 시도하지 않고, 알아보는 정도에 그치거나 해보지도 않고 포기했다면 나는 지금 그저 그런, 매일 불평과 불만에 가득 찬 인생을 살고 있을 것이다.

최근에 《어른이 되면 괜찮을 줄 알았다》(김혜남, 박종석)라는 책을 읽고, 내가 20~30대에 왜 그렇게 힘들고 우울했는지 알게 되었다. 당시의 내가 정신건강의학과에 갔다면 '기분부전장애' 또는 '도덕적 자학증' 진단을 받았을 것이다. 우울함과 좌절감으로 참 힘든 시기였는데, 지금 생각해보면 그런 어려움도 작은 배움에서 얻는 성취감으로 이겨냈던 것 같다.

당장은 용도가 없을지 몰라도 새로운 배움은 나를 설레게 했고, 작지만 배움을 통해 얻은 결과는 자신감을 주었기에 부정적 사고와 낮은 자존감으로 힘들어하던 시절을 버티면서 지나갈 수 있었다. 그래서 혹시 젊은 시절의 나와 비슷하게 우울감이나 무기력을 느끼는 사람이 있다면 이렇게 말해주고 싶다. 나이키 광고처럼 그냥 하고 싶은 것이 있고, 큰 부담이 없다면 일단 시도해보자. 저스트 두 잇(Just Do it). 포기해도 크게 손해를 보지 않지만 과정을 지나면 분명히 예상보다 더 큰 보답이 있다.

불안을 이기기 위해

계획을 세운다

어려서부터 겁은 많고 자신감은 부족한 성격이라 항상 불안감을 느끼고 살아왔다. 지금도 이동 중에 교통사고가 나거나 타고 있는 엘리베이터가 멈추면 어쩌지, 심지어 재판 중 치명적인 실수를 하지는 않을까 하는 다양한 불안감에 시달리고는 한다. 일상생활에 큰 지장을 줄 정도는 아니어서 다행인데, 어쩌면 누구나 이 정도의 불안은 갖고 있지 않을까. 단지 표현을 하지 않을 뿐말이다.

불안이 강한 타고난 성격을 고치기는 어려울 것 같고, 그 대신 조금이나마 편안하게 살기 위해 궁리하다가 나에게는 계획을 잘 세우는 게 맞음을 알게 되었다. 일상에서 루틴을 잘 유지하기 위해 신경을 쓰고, 혹시나 변수가 생길 것에도 미리 대비하려 노력하는 습관을 가지며 불안감이 많이 줄어들었다.

계획을 세우고 그것을 실행하려고 노력하는 습관은 우선 공부에 큰 도움이 되었다. 중학교 때 성적은 늘 중간 정도에 머물렀는데 학원에 다니거나 과외는 어려운 형편이라 스스로 공부하는 법을 생각해냈다.

우선 중고서점에 가서 과목마다 문제집을 여러 권 구입했다. 시험까지 남은 날을 계산해서 문제집 목차 옆에 공부할 날짜를 모두 써둔 다음 다 풀고 나서 하나씩 색연필로 지워나갔다. 목차 옆에 쓰인 날짜를 빨간 색연필로 지울 때의 쾌감이란! 매일 정한 양의 문제를 풀고 날짜를 지우면서 내 불안감은 어느새 자신감으로 변해

갔다. 당연히 성적이 가파르게 수직 상승했다. 불안감을 없애기 위한 작은 시도가 성취감을 맛보게 한 것이다. 이후 지금까지 공부뿐만 아니라 거의 모든 생활과 업무도 머릿속으로 계획을 세우고 미리 시뮬레이션 하는 방식으로 하고 있다.

우선 한 주 단위로 해야 할 일을 정리하고 기한을 정해서 먼저 처리해야 할 일은 순서대로 메모지에 적어 항상 체크한다. 굳이 다이어리나 어플리케이션을 사용하지는 않는다. 다이어리를 정리하고 어플리케이션 사용법을 익히는 데도 시간이 든다고 생각하기 때문이다. 그저 내가 알아볼 정도로 간략하게 우선순위로 리스트업을 한다.

이 방법은 생활 경제에도 적용한다. 이달에 반드시 사야 하는 물건이나 정기적으로 꼭 지불해야 하는 비용을 미리 정리해서 월초에 대략적인 지출을 예상해둔다. 매달 계획을 세우면 1년 예산이 세워지고, 습관이 되면 계획적인 지출과 운용이 가능하다. 살면서 가장 크게 신경 쓰는 문제는 시간과 돈을 효율적으로 사용하는 것인데 이에 대한 계획과 예측이 해결되면 솔직히 가장 불안한 요소는 인간관계만 남는다.

시간이나 돈과 달리 가장 계획대로 되지 않아 어려운 문제가 인간관계다. 가족 관계, 친구 관계, 직장 동료나 거래처와의 관계는 너무나 큰 숙제일 수밖에 없다. 예상하기 어려울 정도로 무수한 상황과 변수가 있기 때문에 나처럼 불안감이 큰 사람은 인간관계에 다소 소극적이고 신중해지는데 이것 역시 계획으로 어느 정도 극복이 가능하다. 보험설계사가 되어 받은 교육 중에도 계획적으로 업무를 진행하는 방법에 대한 것이 있었다. 하루에 메시지로 안부를 물을 사람, 전화 통화를 해서 안부를 물을 사람, 직접 만날 사람을 미리 정하고 실천하는 방법이다. 보험설계사들 대다수가 이런 방식으로 고객들에게 연락을 취해 관계를 유지하며 관리한다는 것이다. 나 역시 연락이 뜸했던 사람들을 살펴보고 그

중 매일 세 명에게 메시지 보내기, 세 명에게 전화하기, 한 사람 만나기를 실천하려고 노력 중이다. 단순히 보험을 소개하기보다는 나의 인간관계를 두텁게 이어나가려는 것이 목적이고 계획대로 실행하고 나면 뿌듯한 마음이 들어 자신감도 높아진다.

계획적으로 운영되는 모임에 가입하는 것도 내 경험으로는 많은 도움이 되는 것 같다. 나만 혼자라는 생각보다 그 계획을 같이 하는 사람들이 있으면 편안함을 느끼면서 불안함이 많이 사라지게 된다.

내가 가장 규칙적으로 꾸준히 활동하는 모임은 독서 소모임이다. 큰아이 1학년 때 학교에서 아이들에게 책을 읽어주는 봉사활동을 했는데, 그 모임에서 알게 된 동네 분들과 벌써 수년째 만나고 있다. 다섯 명의 회원이 돌아가면서 추천한 책을 읽고 매달 한 번씩 만나서—최근에는 줌(zoom)을 활용해 온라인으로—두 시간 정도 토론을 한다. 이 모임을 통해 그동안 스티븐 핑커의 《우리 본성의 선한 천사》, 유발 하라리의 《호모데우스》, 칼 세이건의 《코스모스》 같은 소위 '벽돌책'부터 《이방인》, 《넌 동물이야, 비스코비츠!》, 《책도둑》, 《기억 전달자》, 《체공녀 강주룡》 같은 국내외 소설, 《뉴턴의 아틀리에》 나 《죽은 자의 집 청소》 등 신간들까지 100여 권을 읽어 왔다. 나 혼자라면 손에 들기 어려울 책이나 잘 모르는 분야의 책까지 함께 읽기에 완독이 가능했다. 지난달의 《소피의 세계》를 지나 지금은 《월든》을 읽고 있다. 바쁘 다는 핑계로 독서를 멀리할 수 있지만 함께하는 사람들 생각에 끝까지 읽으려고 노력 중이다. 또 진지하고 의 미 있는 대화를 통해 자칫하면 편협해질 수 있는 나의 사고와 지식을 넓혀주기 때문에 이 모임을 '인생 최고 의 모임'이라고 말하고는 한다. 앞으로도 가능하면 오래 이 모임이 지속되기만을 바라며 열심히 참여하고 있다.

이렇게 혼자 하기는 어렵지만 함께 계획을 세우고 실천 할 수 있도록 격려하는 모임은 쉽게 찾거나 만들 수 있 을 것이다. 한강변을 함께 뛰는 러닝 크루나 온오프라인의 다양한 독서모임, 미라클 모닝을 인증하며 실천하는 모임 등은 너무나 활발하다. 다만, 다른 사람들과 속도를 잘 맞출 수 있고 나의 생활에도 도움이 되도록 노력하는 자세가 중요할 것이다.

어릴 때부터 불안함이라는 감정에 대해 많이 생각해왔다. 그 덕분에 계획성 있는 습관을 갖게 되었지만 여전히 불안하다. 그리고 이제는 그것이 인간의 기본적인 속성임을 잘 안다. 미래를 모르고, 죽음 이후를 모르고, 상대방의 마음을 모르기 때문에 우리는 늘 불안하다. 이 불편한 감정을 조금이라도 해소하기 위해 가능한 상황을 미리 머릿속으로 상상해보고 준비하는 방식으로 대응할 수밖에 없다.

투자 수익률이

가장 높은 것은 공부다

초등학교에 입학한 이후 지금까지 나는 줄곧 학교에 다니거나 자격증 시험 준비를 해오고 있는 것 같다. 공부라는 것을 하지 않은 시기는 거의 없었다. 공부가 제일 쉬울 정도로 머리가 좋은 것은 결코 아니지만, 그래도 나는 공부가 재미있다. 그리고 공부 예찬을 하는 이유도 명확하다.

주식을 시작하고 며칠 만에 10~20퍼센트 수익률을 보일 때, 또는 비트코인을 사자마자 두 배가 되면 전 재산을 투자할 만큼 몰입하게 된다. 하지만 이런 투자는 실패할 위험성이 더 크다는 것을 누구나 안다. 게다가 시시각각 변하는 시장 상황에서 투자자 개인은 주도적인 역할을 전혀 할 수 없고 그저 운에 맡기는 수밖에 없다. 나는 예측할 수 없고 내가 주도할 수 없는 이런 시스템에는 전혀 흥미를 느끼지 못하는 편이다.

공부는 다르다. 노력과 과정에 따라 결과가 정확히 나온다. 시험에서 간혹 몇 개 찍은 것이 요행으로 정답일 때도 있지만 그 자체가 결과로 도출되지 않는다. 오랜 과정을 거치고 노력이 쌓여서 나오는 결과가 오롯이 내 것이 된다. 그래서 재미있다. 물론 이때의 공부는 내가 원해서 좋아해서 하는 것임을 전제로 한다. 나 역시 중고교 시절, 오직 입시를 목표로 하는 주입식 공부에는 흥미를 전혀 느끼지 못했고 그 답답함에서 하루라도 빨리 벗어나고 싶어 몸부림쳤다.

하지만 내가 좋아서 하는 공부는 처음부터 끝까지 나의 선택에 의한 것이었기에 그 과정 자체를 즐겼다. 내가 하고 싶을 때 시작하고 흥미가 떨어지거나 다른 것을 원하게 되면 미련 없이 포기했다. 새롭게 시작할 만한 것은 얼마든지 있었다. 몇 점을 받고 몇 등을 하는가에도 전혀 신경 쓰지 않고 오로지 배우는 것에만 집중했기 때문에 공부의 본질적인 재미도 느꼈다. 내가 투자한 시간이 사라지지 않고, 과도한 기대나 희망을 가지게 될 필요도 없으니 결과에 따른 실망감도 크지 않다. 그 결과로 어떤 경우는 자격증을 얻었고 어떤 경우는 수료했다는 보람을 느꼈다. 이것들도 공부를 즐긴 후 얻게 되는 부수적인 선물이나 보상이었을 뿐 연연하지는 않았다.

이렇게 원하는 만큼, 할 수 있는 만큼만 집중해서 공부했기 때문에 투입한 시간과 노력에 따른 성과를 올리는 것이 뿌듯했다. 이 시도를 반복하다 보면 점차 어렵고 전문적인 과정으로 발전하기도 한다. 나의 경우 처음에는 커트라인 60점의 비교적 쉬운 보험설계사 시험을 준비하고 치르면서 보험에 대한 기본적인 이해를 얻을 수 있었고, 이후에 커트라인이 70점으로 높아진 변액보험 판매관리사 시험 그리고 좀더 어려운 수준의 공인재무설계사 시험에까지 도전했다. 점차 해야 할 공부의 범위도 넓어지고 내용도 어려워졌지만 쉽게 적응하며 원하는 결과도 얻었다. 지금은 공인중개사와 손해사정사에도 도전해보고 싶어져서 함께 준비할 스터디 회원들을 찾고 있다.

그래도 공부는 공부이니까 그 자체로 부담이 되고 어렵게 느껴진다는 사람들도 많다. 가뜩이나 가정과 직장에서 스트레스를 많이 받고 시간도 없는데 무슨 공부를 또 해야 하냐고 불평 아닌 불평을 할 수도 있다. 하지만 작은 성과가 자신감을 주고, 그 자신감을 쌓아가면서 발전하면 과정도 즐겁고 성공에 이르기 쉽다는 것을 나는 체득했다. 절대로 어려운 것부터 시작하지 말고, 정말 한 번 쑥 보더라도 쉽게 이해할 수 있는 것부터 시작하라고 말하고 싶다. 그래야 적은 흥미로도 성취감을 빨리 느낄 수 있다. 팁 아닌 작은 팁이다.

나는 오늘도 어떤 공부를 시작해볼까 행복하게 고민하고 있다. 세상에는 내가 모르는 것이 너무나 많고, 재미있는 것이 널려 있어서 주어진 시간 때문에 전부 다 할 수는 없으니 신중하게 고민하고 선택해야 한다. 이것도 또 다른 재미다.

나만의 장소와 시간을 가지면

생기는 일

사무실을 공유오피스로 옮긴 지 1년 가까이 되었다. 직전까지는 로잉머신과 간이 스크린 골프 연습기까지 두었던 널찍한 사무실에서 생활했지만 지금은 세 평도 안되는 공간에서 직원과 단둘이 함께 일하고 있다. 주차도 불편하고 공간 대비 임대료도 결코 저렴하지 않은 공유오피스로 옮기게 된 이유는 여러 가지였는데, 결과적으로 매우 만족하고 있다. 우선 필요할 때마다 사용하는 회의실 시스템이 좋고 우유와 커피 등이 무제한

제공되며 자질구레한 사무실 관리 등을 신경 쓰지 않아도 되는 점이 마음에 든다. 공유오피스 특유의 활기차고 젊은 분위기를 느끼며 나 역시 도전의식이나 개업 초기의 풋풋함을 되새기려고 노력한다. 이렇게 업무에 효율적인 공간과 환경을 만드는 것은 정말 중요하다.

하루 중 거의 대부분의 시간은 업무에 몰두하고 퇴근 후에는 아이들 목욕 시키고 재우는 등 가정에서 시간을 보내는 와중에도 잠깐이라도 나만을 위한 시간을 확보하기 위해 노력한다. 의무적으로 해야 하는 일, 또는 일상적으로 반복하는 일에서 벗어난 시간이 주는 커다란 만족감과 기쁨을 진작 발견했고 내 생활을 건강하게 하는 필수조건임을 굳게 믿고 있다.

나만의 시간과 장소를 마련하기 위해 여의치 않으면 새벽 출근도 불사한다. 전화도 메시지도 오지 않는 조용한 사무실에 혼자 앉아 있다 보면 평소에 할 수 없었던 생각들에 몰입하는 즐거움이 있다.

이런 노력은 꽤 오래되었다. 직장생활을 할 때에는 밥을 빨리 먹고 남은 점심시간 동안 회사 근처를 어슬렁거리며 돌아다녔다. 특히 식품의약품안전처가 있던 불광역 부근에서 보냈던 시간이 기억난다. 주택가를 하릴없이 거닐거나 시장통을 돌아다니다가 골목에 쭈그리고 앉아—지금은 끊은—담배를 피우며 멍하니 보내기도 했는데 마치 시간이 정지된 듯한 느낌이었다. 사무실에서 벗어난 한 시간도 채 안 되는 그 짧은 시간이 오직 나만을 생각하는 휴가처럼 느껴졌다. 어쩌면 잠깐이라도 숨을 쉬고 기분을 전환하는 그 시간 때문에 그토록 다니기 싫었던 회사를 조금 더 다닐 수 있었는지도 모르겠다.

멍하니 보냈다고는 했지만, 생산성과 상관없는 바로 그 시간에 내 진로를 바꾸는 중요한 결정도 하게 되었다. 늦은 나이에 로스쿨 진학을 할지 아니면 그냥 이 자리에 주저앉아 공무원 생활을 이어나갈지 고민에 고민을 거듭했다. 그리고 그 시간이 나의 오늘로 이어진 것이다.

한동안 서핑을 배우러 양양까지 왕복 4시간 운전하며 다닌 적이 있었다. 지금 생각하면 서핑 배우는 것도 즐거웠지만 음악을 크게 틀고 노래를 따라 부르거나 생각에 잠겨 운전을 했던 그 시간이 훨씬 소중했던 것 같다. 사무실이나 집에서는 가질 수 없는 매우 자유롭고 편안한 기분을 만끽했다. 또는 점심시간이나 퇴근 후에 평소 가보지 않던 골목이나 장소를 돌아다닐 때, 우연히 발견하고 들어간 작은 카페에서 새로운 자극을 받기도 하고 평소와 다른 방향의 아이디어가 떠오르기도 한다.

이렇게 혼자만의 시간과 공간을 확보하는 것은 루틴으로 정해둘 필요도 있는데, 최근에는 퇴근 후 밤 10시경의 시간을 발견했다. 아이들을 모두 재우고 난 뒤 잠자기 전까지 그 시간을 온전히 나를 위해 쓰고 있는 것이다. TV를 치운 거실에는 테이블과 작은 소파가 있는데 스탠드를 켜고 거기에 앉아 매월 정기적으로 참여하는 독서 모임에서 추천받은 책을 읽는다. 가끔은 창문 너머 아파트 불빛들을 멍하니 바라본다. 미뤄두었던 드라마를 아껴 보기도 한다. 나를 바라보는 시간이 된다.

혼자만의 시간과 공간을 갖는다는 것이 꼭 기업의 대표
나 임원들의 널따란 단독 사무실이나 리클라이너가 있
는 근사한 서재만을 뜻하지는 않을 것이다. 나 역시 여
러 가구와 운동기구까지 갖춘 커다란 사무실에서 오래
일을 해보았지만, 공간의 크기는 전혀 중요하지 않음을
깨달았다. 그보다는 고민할 시간과 편안함을 주는 작은
책상과 의자 하나면 충분했다. 내 생각과 의식이 잠들
지 않고 두리번거리면서 무언가를 찾고 있다면 그곳이
자동차 안이든, 키보드 소리가 요란한 사무실 내 자리
든, 지하철 안이든 중요하지 않다. 혼자만의 공간과 시
간은 내 의식을 온(on) 또는 오프(off)로 스위치해서 마술
처럼 만들어낼 수 있다.

또한 가끔은 육체적이거나 사회적인 움직임과 활동, 소
비 등을 최소화하고 깊은 사색을 위한 시간을 확보하는
것도 중요하다. 가능한 아무것도 하지 않고 일상과 무

관한 생각을 하는 시간을 일부러 만드는 것이다. '전체 결과의 80퍼센트가 전체 원인의 20퍼센트에서 일어난다'는 파레토의 법칙을 빌려온다면, 반복적으로 해야 할 일이나 업무 등에 나의 시간과 노력을 80퍼센트 정도만 투입하고 20퍼센트의 여유를 확보하다고 생각하면 어떨까. 내 미래를 준비하는 시간과 인생 투자에 20퍼센트는 중요하다.

나는 지금도 이러한 여유시간을 가지려고 애쓰고 있다. 그리고 확보된 그 시간을 마치 나무늘보처럼 최소한의 움직임과 활동량으로 지키고 나면 최상의 컨디션으로 회복하고는 한다. 마치 휴대전화 배터리를 충전하는 것과 비슷하다. 그동안 마라톤, 골프, 수영도 꾸준히 해왔고 피트니스나 심지어 서핑도 해보았는데, 내가 육체적 정신적 건강을 유지하는 비법은 바로 크게 움직이지 않고 혼자의 시간을 충분히 갖는 것임을 깨달았다.

지금 하는 일에 만족하거나 안주하지 않고 내가 가진

재능으로 할 수 있는 일 또는 하고 싶은 새로운 일에 도전하려면 말 그대로 여력, 생활을 하고 남은 힘이 필요하다. 투자를 위해 종잣돈을 마련하듯이 새로운 도전을 위한 에너지와 힘을 모아두기 위해 기회가 생길 때마다 몸과 마음을 충전해야 한다. 그러면 충분한 에너지가 나를 움직여서 꿈을 실현하는 과정으로 옮겨줄 것이다.

N잡러가 되기 쉬운 직업,

변호사

'N잡러'라는 신조어가 이제는 낯설지가 않다. 몇 년 전만 해도 하나의 본업에만 집중하는 것이 당연했지만, 직장을 다니면서 유튜버로 활동하거나 배달이나 스마트스토어 운영 등 별도의 부업을 하는 사람이 얼마나 많은지 모른다. 이제는 부업이 아닌 '사이드잡'이라고 칭하는 것이 더 자연스러울지도 모르겠지만 말이다. 물론 여전히 사규에서 겸직을 금하는 기업들도 많고 두세 가지 일을 동시에 잘해낸다는 건 쉬운 일이 아니지만,

수익을 최대한 창출하면서 또 다른 가능성을 찾기 위한 N잡러는 더욱 늘어나지 않을까 싶다.

나 역시 변호사이자 변리사, 보험설계사, 민간자격증 사업자 등으로 일하는 'N잡러'이다. 처음부터 여러 가지 직업을 동시에 갖고자 계획했던 것은 아니고 쉽게 지루함을 느끼며 이것저것 관심이 많은 성격 탓에 자연스럽게 이렇게 되었다. 또 변호사만큼 N잡러가 되기 쉬운 직업도 없는 것 같다. 만약 아직 자신의 진로를 명확히 정하지 못한 사람이라면, 그리고 4년제 대학을 3.5 이상의 학점으로 졸업했고 토익 700점 정도를 받을 수 있다면 무조건 로스쿨에 진학해서 변호사가 되라고 조언하고 싶다. 최근 로스쿨 입학생 연령이 낮아지고 있다고는 하지만, 의지와 공부머리만 있다면 40대도 도전 가능하다. 명문대 법대 출신도 아니고 대형 로펌에 근무해본 적도 없는, 남들보다 나을 것이 없는 스펙이지만 지금은 대기업이나 글로벌 기업 여러 곳과 일을 하고 있는 나는 어느새 로스쿨 전도사가 되었다.

특히 졸업한 대학에 로스쿨이 있다면 30퍼센트 정도 본교 졸업생을 선발하는 제도를 이용하면 좋다. 물론 3년간 공부하는 것이 쉽지 않고 학비도 높지만, 합격률이 그래도 여전히 50퍼센트 수준인 것에 주목할 필요가 있다. 1기 졸업 때와 비교하면 많이 낮아진 것인데, 여타 국가자격증이나 면허증과 비교해보면 매우 높은 합격률이다. 적어도 직장생활을 하면서 보고서도 쓰고 기본적인 상식을 갖고 있는 사람이라면 '법률 = 사회적인 약속'이라는 개념을 갖고 접근할 수 있다. 이걸 '리걸 마인드(legal mind)'라고 하는데, 그다음 수천 개의 법조항을 하나씩 배우고 현실에 적용해보는 공부를 하는 것이다.

내가 다닌 동아대학교 로스쿨에는 유독 나처럼 직장생활을 하다가 늦게 입학한 학생들이 많았다. 시작이 늦었기 때문에 마음도 조급하고 처음에는 과정을 따라가기가 벅차게도 느껴졌지만, 사회생활 경험은 크게 도움이 되었다. 예를 들어, 법률 용어들에 잘 쓰지 않는 한자어가 워낙 많아서 처음에는 매우 낯설었지만 직장에서 배운 업무 내용을 바탕으로 살펴보니 의외로 쉽게 이해가 되었다. 또 졸업 후 변호사가 되어보니 공부만 하다가 변호사가 된 사람보다는 의뢰인과의 소통이나 현실적인 적용 부분에서 훨씬 유리함을 느끼기도 했다. 그래서 지금 직장을 다니는 사람도 늦었다고 생각하지 말고 충분히 가능성이 있으니 도전해보라고 말해주고 싶다.

많은 변호사들이 경쟁이 심화되고 이전보다 수입이 줄었다고 볼멘소리를 하기도 하지만, 그건 어쩔 수 없이 받아들여야 하는 현실이다. 또 스트레스가 극심한 직업이라고 하는 사람들도 있는데, 그건 변호사만은 아니다. 일반 기업과 공공기관, 공무원에 학원 강사 등 여러 직업을 경험한 나로서는 변호사가 유난히 힘들다고 생각하지 않는다. 대부분의 회사원도 야근하면서 힘들게 일하고, 자영업자는 폐업 위기와 임금 인상, 원가 상승 등 다양한 위기를 피해가고 넘어가면서 버티고 있다.

여전히 변호사를 비롯한 법조인에 대한 사회적인 신뢰

나 인정이 높고 무엇보다 고수익 전문직인 것은 사실이다. 무엇보다 건강을 잘 관리하고 기본적인 영업력만 갖추고 있으면 변호사 업무를 통해 다양한 사회활동 기회가 생겨 적지 않은 부수입을 올릴 수 있는 것이 장점이다. 또 정년이 따로 있지 않아서 하고 싶을 때까지 오래 할 수 있는 일이다. 물론 60세를 전후로 소득 감소는 불가피하겠지만, 지금도 서초동 법원 주변과 재판정에서 나이 지긋한 선배 변호사들을 만나는 일은 어렵지 않다. 최근에는 다양한 공공기관과 사기업에서 사내 법무팀을 꾸려 변호사를 채용하는 일도 많기 때문에 안정적인 일자리도 가능하고, 로펌에 취업하지 않고 다른 변호사들과 협업하는 방식도 늘어났다. 자신의 성향이나 상황에 맞게 다양한 형태로 일할 수 있으며 여러 가지를 시도하고 도전할 기회가 많다.

변호사란 직업은 무엇보다 확장성이 뛰어나다. 조금만 노력하면 변리사, 세무사 자격을 취득할 수 있고, 노무사나 손해사정사 자격증을 추가로 취득하는 변호사들도 많다. 이런 부가적인 자격 취득을 통해 해당 분야 전문성을 갖는 것이다. 그리고 웬만한 자격시험에는 법률이 기본적으로 포함되어 있어 추가 자격증 공부도 남들보다 쉽게 할 수 있다.

나 역시 변호사가 된 후 커리어를 살려 식품전문변호사로 성장했다. 그리고 변호사협회에 겸직 신고를 7개나 할 정도로 다양한 분야로 진출해서 관심사를 넓히는 중이다. 최근에는 보험 분야로 진출해서 신문에 칼럼도 쓰고, 재무설계와 손해사정 분야까지 확대할 계획을 실천 중이다.

이런 측면에서 보면 정년 없이 일정 수입을 보장받고 다양한 분야로 확장성이 충분한 변호사라는 자격증은 정말 매력적이다. 앞으로 미국처럼 변호사가 더 많아지면 더욱 다양한 형태의 직업에 도전하는 변호사가 나올 것이다. 개인적으로는 온라인으로 혹은 야간에 다닐 수 있는 로스쿨이 생겨 직장인들도 많이 도전할 수 있게 한다면 더 좋을 것 같다. 혹시 새로운 직업에 관심을 갖고 있지만 망설여진다면 나의 경우를 참고해서 한번 용기내보기를 권한다.

2

호기심이라는
날개를
가졌을 때

인생의 오답노트를 작성하며

배운 것

하루하루 충실하게 살다 보니 지난 시절을 곱씹어볼 여유가 없다. 지금 나의 삶에 꽤 만족하기 때문이기도 할 것이고 앞으로 해야 할 일이 더 많기 때문이기도 하겠다. 하지만 암울했고 우울했던 어떤 날들이 문득 떠오르기도 한다. 30대 중반, 대체로 가장 열정적으로 눈 코 뜰 새 없이 살아가는 시기, 힘든 가운데에서도 인생 계획을 세우고 그 희망으로 살아가기 마련인 그때가 나에게는 가장 힘들었던 기억으로 남아 있다.

아무 생각 없이 살았던 20대가 너무 후회되었고 되돌릴 수 없음에 아파했다. 이불을 뒤집어쓰고 크게 소리를 지르며 우는 밤도 많았다. 당시에는 나의 선택이 모두 어리석고 무모하게 느껴졌고 남들보다 몇 년은 뒤처졌다고 생각하며 두려웠다. 그러니 앞날에 대한 희망도 없었고 다시 과거의 나를 원망하는 악순환에 빠져버렸다. 하지만 지금의 나는 그때의 선택이 신의 한 수였다고 생각한다. 남들보다 크게 앞서가지도 않지만, 또한 그럴 필요도 느끼지 못하고, 결코 늦었다고 생각하지도 않는다. 이 악순환의 고리에서 빠져나올 수 있었던 계기는 작은 성취감을 맛보게 되면서이다. 이를 통해 새로운 시도를 해볼 수 있는 자신감을 갖고 희망도 그려보게 되었다.

서른한 살에 겨우 받은 대학 졸업장으로는 대기업은커녕 제법 이름 있는 중견기업 입사도 어려워 보였다. 구인공고를 샅샅이 뒤져 개인 무역회사까지 수십 곳에 이력서를 보냈지만 면접 기회조차 없었다. 운이 좋게 입사하게 된 곳은 인천남동공단에 위치한 작은 회사였다. 어렵게 취업된 것은 기뻤지만 작업복으로 받은 회사 점퍼를 입고 다녀야 하는 것은 솔직히 불편하고 창피했다. 그럼에도 드디어 사회생활을 시작하게 된 것에 감사했고, 이제 두 다리로 단단히 서게 되었으니 작게나마 가능성과 목표를 갖게 되었다. 일단은 시작점에 서야 앞으로 나아갈 수 있다는 것을 깨달은 것이다.

물론 이후 직장생활은 내내 순탄했다고 말할 수 없다. 의도하지는 않았지만 어느 조직에서나 나는 툭 튀어나온 모난 돌처럼 시선을 끌고는 했는데, 첫 직장에서도 그랬다. 서른이 넘은 신입사원인 나를 대표님이 마음에 들어 한 것까지는 좋았지만 6개월 만에 특별 승진시킨 것에 이어 모든 직원이 선망하는 미국 현지 법인 파견까지 보내주자 주위의 질투가 여간 아니었다.

식품의약품안전처 근무 당시에도 지역인재추천제도를 통해 채용되었다는 이유로 조직에서 배척을 당해 수개

월간 동료들과 제대로 된 대화조차 할 수 없었다. 결국 담당 과장이 아무 이유 없이 업무에서 배제하는 극단적인 '직장 내 갑질'을 경험했다. 당시의 마음고생은 정말 심각할 정도였지만 지금 생각하면 그런 상황을 버티면서 다양한 갈등 구조와 어려움을 겪은 것이 내 성장의 거름이 되었다. 그 상황을 이겨낼 수 있는 방법은 업무 능력으로 인정받고, 개인적 관계에서는 내 존재감과 진정성 있는 내면을 보이면서 올바른 평가를 받는 것밖에 없었다. 그래서 아무도 시키지 않았지만 시스템에 있는 수년간의 업무처리 공문서를 보면서 스스로 업무를 익혔다. 가끔은 퇴근 후 술자리에도 참석하려고 노력했고 그러다 보니 동료들과 업무적인 대화가 가능해지며 자연스럽게 녹아들어갈 수 있었다. 그리고 이러한 경험들이 지금 변호사로서 일하는 데 큰 도움이 되고 있다.

재테크 혹은 재무설계는 작게라도 종잣돈을 모으는 것부터 시작한다. 자기계발이나 역량 강화도 일단 사회생활을 시작해야 가능하다고 믿는다. 이론과 경험은 극명한 차이가 있기 때문에 해보지 않고는 알 수 없는 게 많다. 변호사가 된 후 일반 직장생활과 가장 많이 달라진 점은 상대방의 어려운 상황을 듣고 해결책을 제시해야 한다는 것이다. 아무리 해도 힘든 일이지만 나는 기업에서 일해보았고, 공공기관과 정부에서 근무한 경력도 있기 때문에 행정처분과 같이 국가로부터 억울한 명령을 받았을 때 상황과 그 명령을 내릴 수밖에 없는 처지도 이해가 되니 쉬운 설명이 가능하다.

"변호사는 제가 열 번째로 갖게 된 직업입니다."

상담을 위해 처음 만나는 의뢰인에게 나에 대한 소개를 늘 이렇게 시작한다. 듣는 사람의 호기심을 자극하기 때문에 첫 만남의 긴장을 푸는 효과도 있다. 하지만 그보다는 나는 당신의 이야기를 기계적으로 듣지 않는다, 나는 비슷한 경험을 많이 해보았으니 당신의 처지를 충분히 이해할 수 있다, 그러니 나를 믿고 일을 맡겨도 괜찮다는 것을 우회적으로 전달하기 위한 것이다.

한 직장을 2년 이상 다녀보지 못하고 자주 이직한 탓에 지저분하게 나열되던 내 과거가 지금은 이렇게 장점으로 차별화되어 상대방에게 어필이 될 것이라고 젊은 시절에는 절대로 생각할 수 없었다. 그런데 내 경험을 활용할 수 있는 일을 하게 되면서 혹은 찾게 되면서 지나온 나의 부끄러운 과거가 현재를 위한 거름이 되었고, 확장 가능성이 충분한 미래의 자산으로 변했다. 사실 달라진 것은 내 과거에 대한 마음가짐과 과거를 충분히 활용할 수 있는 상황뿐이다.

눈물로 때로는 분노로 가득 찼던 과거의 지질한 경험들을 통해 나는 피해야 할 것들과 해서는 안 되는 일들이 무엇인지 알게 되었다. 물론 그 당시에는 절대로 알지 못했고, 알 수도 없었던 것이다. 고민에 고민을 거듭한 끝에 모든 문제는 당연하게 나로부터 시작된 것이라 내가 바뀌면 된다고 마음먹었다. 더 이상 내려갈 수 없는 바닥까지 내려갔다 온 경험을 통해 뼈저리게 절감한 것이다.

그럼에도 인생이 내 마음대로 되지는 않는다는 것을 잘 알고 있다. 아무리 노력해도 이룰 수 없는 것들이 너무나 많다. 또 아직 살아보지 못한 미래에 어떤 어려움이 닥칠지 알 수도 없다. 하지만 과거에는 무의미하다고 생각한 경험이나 실패들이 현재의 나를 만들었으니 인생의 오답노트를 작성하듯 계속 고치고 발전시켜나갈 자신감으로 살아가고 있다.

유튜버

그리고 쇼핑 호스트가 되다

어느새 유튜버가 되는 것은 특별한 일이 아니게 되었다. 평범한 직장인에서 영향력을 갖춘 유튜버로 변신하여 높은 수익을 얻은 사람들의 이야기도 넘쳐난다. 2년 전, 나도 유튜버에 도전했다. 식품전문변호사이자 식품영양학을 전공한 영양사 그리고 사남매 다둥이 아빠라는 콘셉트로 '내 아이를 위한 안전 먹거리 리뷰 채널'을 론칭하고 '밥변아빠'라는 '부캐'를 만들었다. 아이들 간식으로 많이 먹이는 소시지, 냉동만두, 초코우유, 젤리, 통조림 햄 등의 여러 제품들을 대상으로 식품첨가물을 분석하거나 식품법에 대한 설명을 곁들이는 내용이었다.

솔직히 내 입장에서 큰 노력 없이 뽑아낼 수 있는 최선이었다. 그 당시 나는 오로지 가장 적은 시간을 투입해서 영상을 많이 만들어낼 생각만 했다. 기껏해야 내가 준비한 건 의상 제작 정도였다. 유튜브에는 자극적이고 잘못된 정보가 난무하니 영양사 면허를 가진 식품전문 변호사가 정확한 정보를 전달하면 사람들이 관심을 가져줄 것이라고 기대했다. 게다가 한 광고회사로부터 제작비를 지원하겠다는 제안까지 받아서 비용 걱정도 덜었다. 생방송 출연 경험이 많아서 카메라 앞에서 긴장을 크게 안 하는 편이라 촬영도 편하게 했다. 구독자가 360명이 되고 조회수가 꽤 높은 콘텐츠들도 있었지만, 영상 10여 개를 업로드하고 3개월 만에 포기했다. 보기 좋게 실패한 것이다.

어찌 보면 아주 당연했다. 나는 평소에 유튜브를 잘 보지 않는다. 가끔 음악을 듣거나 수영 관련 콘텐츠를 찾아 보는 것이 전부였으니 어떤 채널이 인기가 있고, 재미있는 영상이 무엇인지 미디어를 통해 전해 들은 정도가 다였다. 그러니 어떤 방식의 영상이 성공하는지 알지도 못했다.

영양사 면허증을 가진 식품전문변호사이자 아빠로서 캐릭터를 잡은 것까지는 좋았지만, 결정적으로 나는 그다지 먹는 것에 관심이 없는 편이라 아무리 아이들을 위한 먹거리를 주제로 하더라도 콘텐츠를 계속 이어가기가 쉽지 않았다. 먹을 것에 관심이 없으니 먹거리에 대해서 지식이 없었고, 인터넷에서 검색한 정도의 정보로 돌려막다 보니 영상마다 다루는 제품만 다를 뿐 형식이나 접근 방법이 비슷해져 영상을 열 번 정도 찍고 나자 나부터가 너무 재미없었다. 사람들의 관심도 전무했다. 새로운 정보도 아니고 유명 연예인이나 개그맨의 콘텐츠처럼 웃음 포인트가 있는 것도 아니니 볼 이유가 없었던 것이다. 슬슬 그만둘 핑계만 찾게 되었다. 제작진도 같은 생각이었는지 시작과 달리 손을 놓는 것은 일사천리로 진행되었다.

하지만 여기에 기가 죽고 가만있을 내가 아니었다. 유튜브에 큰코다쳤지만 여전히 영상에 관심이 있었고 또 뭔가 재미있는 일이 없을까 하던 차에 한 라이브커머스 플랫폼에서 전문직 판매 진행자를 채용한다는 기사를 보았다. 처음 유튜브를 시작한 이유도 언젠가 성공적인 채널이 되면 내 이름을 걸고 나의 브랜드로 식품을 판매하려는 목표가 있었기 때문이다. 유튜브가 실패했다고 내 목표까지 접은 것은 아니었다. 그래서 여전히 기회를 찾고 있었는데 그때 내 레이더망에 잡힌 것이 바로 라이브커머스였다.

실시간으로 시청자이자 구매자와 활발하게 소통하며 다양한 물건을 판매하는 라이브커머스는 2~3년 전만 해도 네이버나 다음, 쿠팡 같은 대기업을 중심으로 진행되었다. 그러다가 코로나 시국에 MZ 세대들의 쇼핑 트렌드로 자리 잡았다는 사실은 익히 알고 있었다. 판매자는 대체로 SNS 인플루언서들이나 유명인, 유튜버들인데 이 스타트업 플랫폼에서는 차별화 방안으로 각 분야 전문가를 영입하고자 했던 것이다. 그 시도가 신선하다고 생각한 나는 크게 고민하지 않고 지원서를 제출했는데 쉽게 발탁이 되었다. 10여 개밖에 업로드 하지 않았지만 유튜브 채널 운영 경력도 크게 도움이 된 듯했다. 그리고 식품과 유아용품 분야의 전문 판매자가 되어 라이브커머스에 데뷔했다. 변호사인 내가 판매자로 나서면 소비자들이 신뢰를 가지고 제품을 구입하리라 기대가 컸다.

결과부터 이야기하자면 또 실패했다. 첫 방송에서 유산균 건강식품을 판매했는데 지인들이 총출동해서 댓글을 많이 달아주고 구매를 해주어 높은 매출을 기록했다. 첫 방송에서 보통 10만 원의 매출도 올리기 어렵다는데, 나의 성적에 회사 관계자들도 깜짝 놀라고 관심을 가져주었다. 하지만 지인 매출은 역시 한계가 있었다. 그 후 다이어트 식품, 홍삼 제품, 이유식, 장난감까지 다양한 식품과 유아용품을 팔았지만 방송이 거듭될수록 판매량은 급감했다. 마지막 방송에서는 한 시간 동안 3만 원짜리 제품 단 한 개만 팔 정도였다.

이번에도 실패한 이유는 너무나 간단했다. 내 방송은 재미가 없었다. 라이브커머스 방송은 시간대별로 수백 개가 동시에 진행된다. 플랫폼 또는 어플리케이션에 들어온 시청자들을 수많은 방송 중 하나인 내 방송에 유입시켜야 하고 그들을 내 방송에 오래 머물게 해야 하며 내 설명을 통해 제품을 구입하게 해야 하는데, 그 선택을 받는다는 것은 결코 쉽지 않다. 판매자의 실력과 매력에 따라 팔로잉하는 시청자 수나 제품 판매량이 실시간으로 가파르게 오르락내리락한다. 그야말로 전쟁터를 방불케 하는 생방송 현장에서 나는 혼이 나갈 지경이었다.

첫 방송을 앞두고, 나는 쇼핑 호스트이기 전에 변호사이고 내가 라이브커머스에 투입된 것은 전문성을 지녔다는 점 때문이므로 절대로 과장해서 제품을 설명하지 말고 품위를 지키자고 굳게 다짐했다. 아무리 열심히 해도 미지근한 실시간 반응을 보면서 좀더 자극적으로 이야기해야 하나 유혹도 여러 번 느꼈지만 끝까지 그 수위를 잘 지켜나갔다. 그래도 재미가 없는 것은 치명적이었다.

내가 판매하는 제품들 특성상 방송을 보고 충동적으로 구입할 만한 것이 아니어서 한 시간 꼬박 방송을 해도 판매 금액이 많아야 100만 원 조금 넘을까 말까 한 수준이었고 그로 인해 내가 받는 수수료는 10만 원도 채 되지 않았다. 처음에는 '대한민국 최초 변호사 출신 쇼핑 호스트'라는 타이틀에 머물지 않고 언젠가는 시간당 수천만 원의 매출을 올릴 수 있지 않을까 큰 꿈도 꾸었지만, 재미없는 방송에 들어오는 사람들 수는 점차 줄어들어 지인들의 응원글만 넘쳐나기 일쑤였다. 결국 지친 나는 두 팔을 들고 항복을 외쳤다.

나름대로 트렌드에 따라 새로운 시도를 해보았고 또 나의 전문성이나 개성을 잘 활용하고자 했는데 유튜브와 라이브커머스라는 새로운 세계에 왜 나는 적응하지 못했을까. 그동안에도 수많은 실패를 해보았지만 이 경험은 유난히 많은 고민을 하게 했다.

내가

유튜브에 실패한 이유

유튜브에서 실패한 원인을 이렇게 정리해보았다. 우선 왜 유튜브여야 하는지에 대해서도 명확히 관점을 세우지 않고 시작했다. 단지 남들이 많이 하니까, 잘되면 돈도 벌고 유명해진다고 하니까 정도의 생각으로 다소 무모하게 도전했던 것이다. 내가 영상 콘텐츠로 무엇을 보여줄 수 있는지, 내가 잘할 수 있는 게 무엇인지 숙고하지 않았고, 유튜브 생태계에 대한 지식도 부족했다. 조회수나 댓글에 연연하지 않으려 했지만 쉽지 않았다.

결국 재미와 정보 양쪽 모두 살리지 못한 채 어중간한 상태에 머물다가 포기한 것이다.

지금까지 적지 않은 도전을 했고 그중 만족스러운 결과를 거둔 적도 있지만 실패한 경우 그 이유는 명확했다. 내 능력을 고려하지 않았을 때이다. 유튜브도 라이브커머스도 모두 그랬다. 변호사로서 나는 진중하게 논리적으로 설명하고 설득하는 능력을 갖고 있지만 청중을 혹하게 하는 말솜씨나 웃기는 능력은 부족했다. 물론 유튜버나 쇼핑 호스트가 모두 가볍게 웃기기만 해서 성공할 수 있는 것은 아니다. 하지만 최근 숏폼 콘텐츠나 영상들의 특성상 재미는 경쟁력의 필수조건인데 나는 그런 요소를 간과하고 오직 식품전문변호사로서의 전문성만을 내세웠던 것이다. 물론 여기에 남들의 관심을 받고 싶다는 생각도 있었던 것 같은데, 매체의 특성을 세심하게 분석하고 나의 능력을 객관적으로 살펴본 후 좀더 철저히 준비했다면 어땠을까 하는 생각도 한다.

그럼에도 유튜브와 라이브커머스 도전에 대해 후회는 하지 않는다. 첫 번째 시도에서 실패한 것을 깔끔하게 인정하지만 재미와 호기심이라는 기준으로 보았을 때 한 번은 해보아야 직성이 풀리기 때문에 언젠가는 거쳐야 할 과정이었다. 지금까지 열 가지가 넘는 직업을 선택하고 방향을 전환할 때의 내 마음이 늘 그랬다. 어떤 일에 몰두하면서 쌓인 경험이 더 큰 세상의 존재를 알려주었고 그러면서 내가 활동할 수 있는 범위가 점차 넓어지며 더 흥미로운 세상을 만났다. 나의 라이브커머스 방송을 눈여겨본 자문회사 대표님이 자신의 회사 상품을 판매하는 방송을 도와달라고 요청해서 인기 있는 라이브 채널에 여러 차례 출연한 적도 있고 이런 이력 덕분에 한 식품회사로부터는 제품 개발에 참여해달라는 제안도 받았다.

새로운 일을 시작하면 적응하려고 노력하는 가운데 내 능력이 향상되는 것을 알 수 있고 그 열정으로 심장이 데워지며 살아 있음을 느꼈다. 그래서 본업인 변호사

외에도 식품 수입 컨설팅이나 식품 분야 온라인 교육과 자격증 사업을 한다든지 하며 N잡을 계속 시도하는 것이다.

지금도 여전히 호기심의 촉을 세우고 살아간다. 재미있어 보이는 일들이 수시로 발견된다. 본업과 가정생활을 최우선으로 하고 남은 시간은 한정되어 있으니 선택에 더욱 신중해지지만 그럼에도 내가 살아 있기 위해서, 행복해지기 위해서 계속 도전하고 배우는 재미를 추구하려고 한다. 이다음은 또 무엇일까. 생명보험과 손해보험 설계사 시험, 변액보험판매관리사와 공인재무설계사 시험을 준비해보니 돈을 관리하는 방법을 배우는 것이 재미있게 느껴진다. 아니면 법률 지식을 가미한 추리소설이나 드라마를 써보는 것은 어떨까. 내가 즐겨본 드라마들에는 정말 명대사가 많았는데, 그것을 이용해 자기계발서도 써보고 싶다. 무엇이 될지 모르지만 일단 고민만으로도 행복하다.

머릿속으로 새로운 유튜브 채널도 구상해보고 있다. 아마 다음에 하게 될 유튜브 콘텐츠는 식품에 관한 것은 아닐 듯하다. 그보다는 최근 열심히 공부하고 있는 재무설계와 자산관리, 혹은 다양한 취업 경험을 살린 자기계발 채널을 생각하고 있다. 틱톡 계정도 만들어 짧은 영상을 올려볼까 싶기도 하다. 다만, 지난 경험을 교훈 삼아 섣부른 시도는 하지 않으려고 한다. 내 마음속에 갈망이 너무 커져서 터질 때까지 기다릴 예정이다.

제때에 잘 포기하는 것도

능력이다

한번 마음먹은 것은 바로 시작해야 하는 성격이라 특히 배우고 싶은 것이 생기고 호기심이 발동하면 큰돈이 들지 않을 경우 일단 시도하는 편이다. 물론 이렇게 즉흥적으로 시도하다 보니 끝까지 가지 못하고 중도 포기하는 경우도 많다. 하지만 다섯 가지 시도해서 그중 하나라도 성공한다면 아예 시도도 안 하고 고민만 하다가 마는 것과는 차원이 다르다.

나의 경우 이런 시도는 주로 배우는 것에 집중되어 있다. 네 아이 아빠니까 육아에 도움이 될까 싶어서, 그리고 업무 능력을 키우고 싶어서 한국방송통신대학교 유아교육과와 중어중문학과에 각각 들어갔다가 중퇴하고 결국 졸업장을 받지 못하기도 했다. 물론 이 대학에 응시하고 등록하기까지 몇 개월을 준비하며 고민도 했고 3~4년씩 시간을 쪼개서 열심히 수업도 들었지만 여러 가지 사정으로 중도 포기를 했다. 하지만 이 경험을 한시간이 헛되었다고 생각하거나 포기한 것을 이제 와서 후회하지는 않는다. 물론 끝까지 다녀서 졸업장을 받았다면 더 좋았을 수도 있지만 현실적으로 유치원 교사 자격증보다는 이론적인 이해와 경험이 더 중요하고 의미 있다.

하는 일마다 족족 성공하는 사람은 없다. 여전히 나는 아무 시도도 하지 않는 것보다 내가 감당할 수 있는 범위 내에서 배움에 도전하는 비용을 아끼지 않는 것을 원칙으로 삼고 있다. 여러 가지 일을 한꺼번에 할 수 있는 방법은 결국 다른 것을 포기할 때 가능하다. 내가 싫어하고 잘하지 못하는 것과 부족한 것을 포기하고 피하면 의외로 상당히 많은 시간을 얻을 수 있다. 그 시간에 내가 잘할 수 있고 하고 싶은 것에 집중한다. 주어진 시간과 경제적 상황에서 모든 것을 다 할 수는 없다.

여기서 선택과 집중의 경험도 쌓이고, 내 인생에서 무엇이 지금 필요한지 순서를 정할 수도 있다. 그러다 보면 자연스럽게 장래 계획을 수립하게 된다. 우리는 수시로 선택과 포기를 해본 경험이 있다. 포기의 경험만을 붙들고 너무 깊이 고민하고 따지면 오히려 새로운 도전이 어렵다. 그래서 지금까지와는 다른 판단 기준을 가지고 시작해보기를 권하고 싶다.

도전이 중요한 것처럼 제때에 잘 포기하는 것도 중요하다. 그리고 신중한 고민보다 잦은 시도가 쌓이면 결정적인 선택을 하는 데 큰 도움이 된다.

단점은

성장을 위한 좋은 도구가 된다

변호사, 변리사, 세무사, 영양사, 보험설계사 등 다양한 자격을 갖추고 변호사 사무실과 온라인 교육업 대표이면서 보험설계사로 일하고, 소비자단체와 학회의 임원으로 활동하면서 초등학교 운영위원회, 학교폭력위원회에 참여하며 정기적으로 독서 모임까지 한다고 하면 "대체 몸이 몇 개나 되나요?"라고 놀라며 묻는 분들이 많다. 그리고 나를 매우 활동적이고 적극적인 성격의 사람이라고 생각하기 쉽다. 나는 요즘 유행하는 MBTI로

보면 INFJ이고 그중에서도 아주 드물다는 T유형이다.

재미삼아 인터넷으로 한 간이검사라 전부 신뢰하기는 어렵지만 설명을 보니 의외로 잘 맞는 것 같았다. 일단 매우 내성적이고 상처를 잘 받아 인간관계를 크게 신뢰하지 않고, 생각이 굉장히 많아 혼자만의 시간이 필요하다. 감성적이고 친해지면 의외의 모습을 발견할 수도 있다고 하며, 몰입을 잘하고 공감능력이 뛰어나다고 한다. 간단히 말하면 사람한테 상처받기 싫어서 만나는 것을 꺼려하고, 혼자 재미있게 노는 것을 좋아하는 성향이니, 역시 요즘 말로 하면 '아싸'형일까.

그러고 보니 다른 사람을 잘 믿고 쉽게 마음을 주며 내 딴에는 잘해주었지만 내가 오히려 상처를 받고 거리가 멀어지는 일이 여러 번 있었는데, 사회생활을 하면서부터는 이런 면을 많이 감추려고 노력해왔다. 어쩌면 사회인으로서의 단점이라고 생각했던 것 같다. 그래서 관계를 최소화하고 비즈니스 미팅을 제외하면 개인적인 만남을 줄였다. 원래 술을 즐기지도 않지만, 사남매 육 아라는 핑계도 적절해서 저녁 약속을 피하는 것은 어렵 지 않았다. 공연히 '형님' '아우' 하면서 질펀한 술자리 에서 인연을 맺지 않으려고 노력했다. 자연스럽게 인간 관계에서 적당한 거리를 유지할 수 있게 되었는데 그렇 다고 관계의 어려움을 겪지는 않는다. 지켜야 할 선을 지키고 일을 중심으로 두는 관계 덕분에 불필요한 감정 소모나 부담이 없어졌다.

그렇다고 모든 인간관계를 계산적으로 하는 것이 아니 다. 좋은 사람을 만나면 진심으로 다가가 내가 어떤 사 람인지를 솔직하게 보여주면 된다. 그러면 그 사람들이 나를 이해하고 도와주면서 내 부족한 부분을 메꿔주기 도 한다. 내가 못하는 부분이나 부족한 부분에는 타인 이 필요하다. 그 타인은 배우자가 될 수도 있고, 회사 동 료 혹은 비즈니스 관계에서 알게 된 사람도 가능하다. 다만 그 사람에게만은 진실되게 나의 단점과 부족한 부 분을 확실하게 알려줘야 한다.

단점을 무조건 감추는 것도 능사는 아니다. 고치려고 노력할 때 오히려 장점으로 기능하기도 한다. 나이가 들수록 귀찮고 힘들다는 이유로 살아온 대로 살아가는 관성이 커지기 마련인데, 어쩐지 그렇게 살고 싶지 않았다. 익숙한 성격과 생활방식을 변화시키고 싶었고 이것이 보험설계사 일에 도전한 이유 중 하나이기도 했다.

외국에서는 변호사 같은 전문가가 자산관리그룹에 속해 자문료를 받는 일이 흔하다는 이야기를 듣고 보험설계사 일에 처음 관심을 갖게 되었다. 하지만 누군가에게 적극적으로 먼저 다가가 영업을 해야 하는 일을 과연 내가 잘할 수 있을까 염려되어 망설이기도 했다. 고민 끝에, 나뿐만 아니라 주변 사람들 자산관리에 도움이 될 것이 분명하기 때문에 그리고 이 일을 하면서 내성격까지 바꿀 수 있을 것이라는 기대로 결심했다. 그리고 지금 다니는 생명보험회사 홈페이지에 설계사가되고 싶다는 글을 남겼고, 그 글을 본 채용 담당자로부터 연락을 받았다. 교육과 시험을 거쳐 곧 보험설계사가 되어 활동하고 있다. 내 스스로 단점을 강점으로 바꾸고 싶어서 선택한 일이고, 여기에 노력으로 성과를 얻는 경험도 추가되니 만족스럽다.

젊은 시절에는 내 단점이나 약점에 대해 깊이 생각하지 않았다. 그저 내 자신을 비하하고 부정하면서 스스로를 갉아먹기도 했다. 사회생활을 하며 다양한 경험을 하고 그 가운데 만나는 많은 사람들을 관찰하면서 그에 비추어 나를 있는 그대로 바라보고 인정하게 되었다. 더 나아가 나의 부족한 점을 채우고 노력해야 할 이유를 찾았다. 그리고 지금은 변화에 도전할 정도로 여전히 성장하고 있음을 느낀다. 성급하게 모든 것을 바꿀 필요는 없다. 하루아침에 딴 사람으로 다시 태어날 수도 없고, 혼자만의 힘이나 고집만으로도 불가능하다. 스스로를 인정하고 존중하되 타인을 보고 배우면서 조금씩 변화하면 된다.

나만 나에게

관심을 갖는다는 진실

지금의 나는 평균에 못 미치는 키에 얼굴도 평범한 중년 남자다. 어릴 적부터 그랬다. 특별히 머리가 좋거나 눈에 띄는 재능도 없는 아이였다. 우리 집은 부유하지 않았고, 그래서 과도한 치맛바람도 없었지만 다른 집 아이들과 비교당하는 일은 많았던 것 같다. 그래서였는지 아니면 가부장적이고 간혹 다혈질로 변하는 무서운 아버지 때문이었는지 자신감도 없었고 앞에 나서는 걸 두려워했다.

소심한 이 성격은 사춘기 시절에 더 극대화되었는데, 아마도 평범한 주택에 살다가 당시로는 비교적 고급 아파트들이 몰려 있는 곳으로 이사를 갔던 것이 큰 영향을 끼친 것 같다. 서울이어도 변두리라 일요일이면 동네 야산에서 칡을 캐며 노는 아이였는데, 아파트 단지 내 한 동이 한국은행 직원용으로 특별 분양된 곳으로 이사한 후 만나게 된 친구들의 생활수준이 우리와는 크게 달랐던 것이다. 지금도 그렇지만 당시 한국은행은 최고의 엘리트들로 구성된 회사였다. 친구들 대부분은 아버지가 명문대 출신이었고 어린 눈으로 보아도 넉넉한 형편이었으며 고액 과외도 받고 있었다. 지금은 웃으며 이야기할 수 있지만 친구 집에 놀러가서 유리병에 담긴 델몬트 오렌지주스와 제과점 빵을 처음 맛보게 된 나는 친구들이 부럽기만 했고 자존감이 한없이 낮아지기만 했다.

중학교 1학년 때, 담임 선생님조차 나의 이름을 기억하지 못하고 심지어 자신의 학급인 것도 몰라보는 일이 있었다. 어린 마음에 정말 큰 충격을 받았다. 평범하다 못해 존재감이 없는 아이라고 의식한 이 사건을 통해, 그 상황에서 내가 할 수 있는 건 공부밖에 없다고 생각하게 된 것이다.

낮은 자존감은 소심한 성격으로 표출되기 마련이다. 타인으로부터 배척당하거나 거부당할까봐 항상 마음 졸이면서 살았던 것 같다. 그러니 내 의견을 제대로 표현하지 못하고 어느 자리에서나 조용히 있고는 했는데 오히려 항상 배려심 깊은 사람이라는 평가를 받기도 했다. 사실은 그냥 부족한 내가 참는 것이 편하다고 생각했을 뿐이다. 혹시라도 내가 의견을 강하게 표현하다가 상대와 충돌이라도 하면 관계가 어긋나거나 불편한 일이 생기며 내가 심적으로 더 부담이 커진다는 경험이 있었기에 그냥 참고 지냈다.

이렇게 지극히 소심한 성격과 낮은 자존감을 극복하려는 노력도 열심히 했고 지금은 상당히 변하기도 했지만, 한편으로는 '타인에게 들키지 않기 위해' 다양한 방식으로 노력하고 있다. 예를 들어 조직 생활에서 오는 중압감과 스트레스를 피하고자 자영업을 선택했다. 또 비즈니스 관계에서는 최대한 간단명료한 미팅을 선호하고, 업무는 주로 이메일이나 메신저로 처리하는 식이다. 이렇게 하면 나의 단점에 가까운 성격을 감출 수 있을 뿐만 아니라 시간도 절약이 된다.

SNS에서는 원래 성격보다 더 에너지 넘치게 보이려고 하는 '이중생활'도 한다. SNS는 제한 없이 많은 이들과 연결시켜주는 동시에 한편으로는 나의 강점을 부각시키는 데 도움을 주는 면도 있다. 적극적으로 나의 활동과 관심사를 드러내다 보니 자연스럽게 업무도 홍보하게 되고 잠재적인 고객들과도 만날 수 있다.

나의 단점이 소심함과 낮은 자존감만은 아니겠지만 가장 큰 걸림돌이었는데 이런 방식들로 해결이 되자 나머지 단점들까지 극복할 수 있었다. 단점과 취약점에 얽

매이지 않기 위해 나름대로 방식을 바꾸어보고자 한 것인데, 나의 생각과 태도가 달라지면서 나를 대하는 사람들도 달라진 것은 분명하다. 따지고 보면 나의 소심한 성격이 갑자기 대범해진 것도 아니고 한없이 떨어졌던 자존감이 대번에 솟아오른 것도 아니다. 하지만 예전처럼 힘들거나 우울하다고 느끼는 빈도가 확연히 줄어들었다. 스스로의 단점에 발목 잡히지 않고 작게나마 변화를 실천했던 것이 전적으로 옳았다.

여기에 더해, 어떻게 해서든 나의 부족한 점을 찾아내어 스스로를 초라하게 만들면서 우울하게 살아왔던 내가 지금은 이렇게 바뀐 이유 중 하나는 바로 가족 덕분이다. 나를 진정으로 사랑하고 믿어주는 가족들이 있기에, 내가 어떤 행동을 해도 이해하고 사랑해줄 것이라고 굳게 믿기에, 어느 순간 자신감을 갖게 되었다. 내가 행복에 둘러싸여 있음을 느끼면서 이제는 타인을 마주할 때 위축되는 것이 아니라 내가 오히려 먼저 배려해줄 정도로 여유가 생겼다. 한 사람이 올곧게 자신의 삶을 살아가는 데에는 이토록 신뢰를 주고받는 사람의 존재가 중요하다.

자존감이 낮을 때에는 끊임없이 다른 사람의 시선에 신경 쓰고 나의 감정과 상태도 그에 좌우되었다. 하지만 이제는 그렇지 않다. 타인에게 피해를 주는 것이 아니라면 오로지 나 스스로를 판단 기준으로 삼고 나를 존중하며 당당하게 살아간다.

요즘 나는 양복에 운동화를 신고 화려한 색깔의 마스크를 착용하고는 한다. 예전 같으면 이런 차림으로 재판정에 나가는 것은 고사하고 대중교통을 이용할 때도 남들의 시선을 너무 끌까 봐 꺼려했을 것이다. 실제로는 아무도 쳐다보거나 신경 쓰지 않는 것을 뻔히 알면서도 말이다. 하지만 이제는 내가 편하니까, 나만 나에게 신경 쓰면 된다고 생각하게 되었다.

남들처럼 멋지게 인테리어된 사무실을 보여주거나 전

관 변호사와 함께 근무하면서 홍보에 이용하고 싶은 생각도 든 적이 있고, 대기업에 속해 월급을 받는 안정된 생활을 꿈꾼 적도 있다. 실제로 중형 로펌에서 두 차례나 스카우트 제의를 받기도 했고, 글로벌 이커머스 회사의 임원 자리를 제안받기도 했지만 심사숙고 끝에 모두 거절했다. 나만의 여유를 잃고 싶지 않았고 가족과 함께 보낼 시간이 줄어드는 것도 싫었다. 결국 나는 남들에게 인정받고 부러움을 받는 것보다 조금은 불안하지만 나에게 집중하는 것을 선택했다.

더 이상 남의 눈치를 보거나 남이 나를 어떻게 생각할지 걱정하면서 살지 않는다. 남에게 피해를 줄 일을 하지 않으면서 타인이 무단으로 내 인생에 침범하는 것만 잘 막으며 내 삶에 집중하면 된다. 오히려 내가 잘될수록 타인을 도울 기회가 많아질 수 있으니 내 능력을 개발하고 향상시키며 행복을 느끼면 된다.

세상에서 나를 신경 쓰고 나에게 관심 갖고 지켜보는

것은 오로지 나뿐이다. 이것이 오랫동안 낮은 자존감과
소심한 성격에 사로잡혀 우울하게 보냈던 내가 지금은
누구보다 건강하고 활동적으로 살게 되면서 매일 되뇌
는 다짐이다.

나를 위한

작고 소중한 선물

지하철로 이동하던 중에 우연히 짧은 동영상을 보았다. 높은 파도를 가르며 자유자재로 움직이는 서퍼의 모습이었다. 짙푸른 바다, 하얗게 부서지는 파도의 시원한 풍경과 보드 하나에 몸을 내맡긴 사람의 영상에 이유 없이 빠져들어 반복해서 보다가 하와이 비치에서 서핑하는 내 모습을 그려보게 되었다. 몇 년 전부터 새벽 수영을 즐기면서 물에 익숙해졌기 때문일 수도 있고, 그날따라 별일 없는 하루였기에 다행이면서도 지루하게 느꼈는지도 모른다.

그날부터 서핑에 대해서 찾아보았다. 수트와 보드 정도만 갖추면 되는 간단한 운동이라는 점이 매력적이었다. 그리고 서울에서 두 시간 이내면 닿을 수 있는 강원도 양양이 서퍼들의 메카가 되어 쉽게 배우고 즐길 수 있다는 것도 알게 되었다. 오래 고민할 것도 없이 주말에 바로 양양으로 출발했다.

서퍼가 되는 것은 아주 쉬웠다. 준비운동과 안전 교육을 포함해서 보드 위에서 균형 잡기와 팔을 휘젓는 패들링 등 기본적인 자세를 배우고 바로 바다로 나갔다. 강사의 도움을 받아 물 위에 보드를 띄우고 엎드려 있다가 일어서는 연습을 여러 번 한 후 드디어 혼자 파도를 맞았다. 보드 위에서 기다리다가 파도가 다가오면 양손으로 물을 저어 파도를 타는 순간 일어서야 한다. 보기에는 어렵지 않았지만 막상 파도가 몰아치면 보드 위에 서보지도 못하고 물속으로 처박히고는 했다. 그러다가 드디어 보드 위에 두 다리로 단단히 일어서서 파도를 타는 데 성공했을 때 쾌감은 대단했다.

30분 정도나 탔을까, 파도를 맞아 물에 빠지고 바닷물을 배부르게 마시고 나니 곧 엉금엉금 모래밭으로 기어 나와 쓰러지고 말았지만 내가 본 영상 속 서퍼가 된 것처럼 기분이 아주 좋았다. 비록 파도가 아주 높지는 않은 양양 바닷가지만, 비록 빌린 수트와 보드였지만, 태양이 작열하는 하와이 해변이 부럽지 않았다. 신이 나서 곧 장비 사용 연회비 50만 원을 결제했다. 나는 이렇게 서퍼가 되었다. 멋지게 태닝된 피부에 비싼 브랜드 수트를 착용한 실력 있는 서퍼들이 보면 우스울지 몰라도 말이다. 이것은 밋밋하고 반복되는 일상을 잘 견디고 있는 나를 위한 작지만 소중한 선물이다.

3년 전, 어렸을 때부터 로망이었던 클래식 기타를 배우기로 하고 인터넷 쇼핑몰에서 15만 원짜리 기타를 샀다. 동네 지역복지회관에서 주 1회 수업을 듣고 있는

데 3년이 지나도 아직 외워서 연주할 수 있는 곡은 〈고요한 밤 거룩한 밤〉뿐이지만, 그래도 나는 기타를 좋아한다. 수업이 있는 날, 어깨에 기타를 메고 다니면서 나는 기타리스트라고 스스로에게 말해준다. 그리고 지난해 생일, 드디어 나를 위해 수제 클래식 기타를 샀다. 프로페셔널 연주자들이 쓰는 것에는 한참 못 미치겠으나, 그래도 15만 원짜리 기타와는 역시 소리가 달라서 어쩐지 내 실력마저 좋아진 것 같은 착각도 든다. 자주 치지도 않으면서 자리만 차지한다고 아내에게 잔소리를 들어도 나를 위한 이 선물은 보기만 해도 뿌듯하다.

얼마 전에는 캐릭터 그리는 법에 대한 강의를 인터넷 동영상 강의 플랫폼으로 수강했다. 음악만큼 미술에 대한 재능이나 조예가 거의 없는 편이지만 기초적인 것을 익히고 싶었다. 퇴근 후 잠들기 전 시간을 내어 영상 강의를 보며 강사가 알려주는 대로 그림을 그려나갔다. 색연필로 그려서 완성한 그림을 휴대전화로 찍어보니 그런대로 근사했다. 전화기에 저장해두고 수시로 열어

볼 정도로 기분이 좋았다. 사실 영상 속 강사가 시키는 대로 동그라미를 그리고 선을 몇 개 그리고 색칠을 한 게 전부였고 옆에서 따라 하던 큰아이가 더 잘 그려내기도 했지만, 나의 첫 작품에 대한 애정에서 조금씩 미술에 대한 관심도 생겼다. 그래서 가끔은 역시 나에게 미술관 관람이라는 선물을 선사한다. 도슨트의 설명을 들으며 작품을 둘러보는 경험도 즐겁고 특별하지만, 미술관이라는 공간과 예술 작품 앞에서 보내는 시간 자체가 선물 같은 기쁨이다.

일상이 안정되어 있다는 것은 나쁘지 않다. 하지만 다른 말로 하면 지루하게 반복된다는 뜻인데 물론 그것을 실수 없이 성실하게 지켜가는 것은 결코 쉬운 일이아니다. 그렇기에 스스로를 위해 가끔은 선물을 해주는 것이 필요하다. 나의 경우, 자신에게 주는 선물은 평범하고 반복되는 일상에 돌을 던져서 물보라를 일으키도록 하는 것으로 생각하고 있다. 예를 들어 서핑처럼 그동안 생각조차 해보지 못했거나 기타 연주나 그림 그리기 등 은근히 관심은 있었지만 경험해보지 못한 것이다. 꼭 돈을 많이 쓸 필요도 없고, 오래 할 필요도 없을 것이다. 그저 '와, 이런 걸 해보다니 즐겁다!' 정도여도 충분하다. 이 작고 소중한 선물이 나의 일상에 악센트를 주고 살짝 색을 입혀 잠깐이라도 설렘과 기대감에 빠져들면 행복해진다.

호기심이라는 날개를 가지면

즐거워진다

최근 한식조리사 자격증을 취득한 후에는 '우리 집 요리사'가 되어 주말 별식을 만들어주는 것으로 솜씨를 발휘하고 있다. 아이들과 요리 과정을 같이하면서 못다 한 이야기를 많이 할 수 있어서 행복한 시간이다. 이때 새삼스럽게 아이들은 정말 궁금한 것, 호기심이 많구나 느끼는데 끝없이 이어지는 질문에 대답하다가 지칠 때도 있지만 어른이 되어 가장 잃기 쉬운 것, 하지만 잃으면 안 되는 것이 바로 이 호기심이다.

살아가면서 궁금한 것이 없어지는 순간, 삶은 무료해지고 제자리에 머문다. 성장과 발전에는 새로운 지식의 습득이 필수적인데 호기심 없이는 내가 배워야 할 것이 눈에 띄지 않는다. 나에게 호기심이란 곧, 궁금하니 내가 직접 경험해보겠다는 시도로 이어진다. 그저 머릿속 생각으로만 머물렀던 경우는 거의 없다. 그리고 그 경험은 나중에 생각하지도 못한 방향으로 나를 이끌고는 했다.

지나치게 강한 호기심 덕분에 남들이 보기에는 참 쓸데없는 것도 해보지 않고는 못 배기는 성격의 나는, 고등학교 때 공중부양이 가능하다는 광고에 속아 사이비 단전호흡 특강에 야간 자율학습까지 빠져가며 심취했다. 이틀간 참 열심히 수련해서 받은 수료증은 지금도 소중히 간직하고 있다(공중부양은 물론 하지 못했다).

대학교 때도 전공에는 정을 붙이지 못했지만, 그저 궁금하다는 이유로 스포츠신문사 대학생 인턴기자에 도전하거나 당시에는 잔고증명서도 내고 대사관 인터뷰에 보증인까지 세워야 했던 미국 어학연수도 가보았고, 전국 단위 YMCA 동아리 활동 등을 하면서 넘치는 호기심을 해소하고 다녔다. 그 덕분에 내가 아는 세상이 전부가 아니라는 것, 내가 경험해야 할 세상은 이토록 넓고 재미있는 것이 많다는 것을 몸소 체험했다.

넓은 세상을 맛보고 나니, 점수에 맞춰서 아무 생각 없이 선택한 학교와 전공에도 미련이 없어졌다. 어렵게 들어간 서울대학교를 5년이나 다니다가, 조금만 견디면 곧 졸업인 시점에 과감하게 자퇴를 했다. 그제야 나를 꽁꽁 옭아매고 있던 올가미를 벗어버린 듯 후련했고 자유롭게 느껴졌다. 그리고 무엇이든 할 수 있을 것 같은 자신감이 생겼다.

이후에 내가 주도적으로 선택해서 입학한 인천대학교 동북아통상학과는 복수전공까지 하면서 우수한 성적으로 7학기 만에 조기 졸업을 했다. 그 사이 1년간 교환학생으로 미국 유타대학도 다녀왔는데, 이 시기에 법정 드라마 〈앨리 맥빌〉을 즐겨 보았던 기억이 난다. 이 드라마를 통해서 미국 변호사에 대한 관심도 생겼고 당시 우리나라에 없던 로스쿨 제도도 알게 되었는데, 어쩌면 변호사가 되기로 마음먹고 로스쿨에 진학한 것도 이때의 경험에서 시작되었는지 모르겠다.

직장생활 중에도 나의 호기심은 상당히 독특하게 업무 능력을 키우는 동력이 되었다. 내가 처음 다녔던 회사는 중소기업이어서 업무 분장이 명확하지는 않았지만 그 대신 다양한 TF가 있어서 단순한 반복 업무에서 벗어나 비교적 여러 가지 시도가 가능했다. 내가 입사할 때까지 회사에서는 한 번도 외부 프로젝트에 지원해본 적이 없다는데, 나는 다양한 사업기획안을 작성해서 신청했고, 그 결과 '중소기업 브랜드컨설팅 사업'과 '코트라(KOTRA) 시장개척단 사업'에 선정되어 입사 초년생이 연말에 회사 대표로부터 혁신상을 받기도 했었다. 이 과정에서 공공기관의 업무에 관심을 갖게 되어 인천테

크노파크에서 일하게도 되었고, 인천경제자유구역에서의 외국기업 투자 유치 업무까지 이어졌다.

이렇게 호기심은 또 다른 호기심을 낳아서 해보고 싶은 것도 무궁무진하게 늘어난다. 평소 소소한 즐거움 중 하나가 크몽과 숨고 같은 '재능 거래 플랫폼'을 둘러보는 것인데, 여기에는 정말 많은 전문가들과 작업, 클래스 등이 있어서 나의 호기심을 자극한다. 또 본업 외 다양한 시도를 하는 사람들의 SNS를 엿보며 당장은 아니지만 언젠가는 해보고 싶은 일들의 아이디어를 수집하고 있다. 이렇게 사람들과 세상에 대한 관심을 놓지 않고 호기심이 충분히 충전되어 있어야 나중에 무엇이든 시도를 하는 게 가능하다. 호기심이야말로 나를 한 자리에 묶어두지 않고 편하게 그리고 지치지 않고 나아가게 하는 원동력이다.

큰아이가 어느 날 갑자기 그리스로마 신화와 삼국지에 빠져버렸다. 책과 영상 등을 모두 섭렵하고 수백 명의 신화 속 인물과 삼국지 등장인물들 이름을 줄줄 외우는 것이 신통했다. 재미삼아 네이버 웹소설에 글 올리는 법을 알려주었는데, 그 후 혼자 신화와 삼국지 내용을 결합시킨 판타지 소설을 무려 170회나 연재해서 나를 놀라게 했다. 부모가 아이의 호기심을 구체화시켜 그것을 유지하도록 노력하는 것이 중요함을 새삼스럽게 깨달았다. 그를 위해 나 또한 호기심을 잃지 않고 그것을 발전시킬 고민을 계속해야 한다.

성장을 위해

여행은 선택이 아니라 필수

반복되는 일상 중에도 나만의 시간과 공간을 확보하려고 노력하는 것처럼, 조금 더 긴 시간이 생긴다면 여행을 즐기는 것도 나에게는 매우 중요한 일이다. 최근에도 하루 시간을 내어 강원도 양양으로 가서 오랜만에 서핑을 하고 왔는데, 몸과 마음이 개운해졌다. 그리고 열흘 정도 시간을 만들어 이탈리아와 프랑스에 다녀왔다. 젊은 시절부터 다른 것은 몰라도 여행에만은 돈을 아끼지 않았다. 대체로 무작정 도시만 정하고 기내용 가

방 하나 챙겨 가벼운 마음으로 다녀오는 방식이었다. 나에게 여행의 목적은 늘 비우고, 생각하지 않고, 그저 느끼기 위한 것이다. 이제는 돈뿐만 아니라 시간도 아끼지 않는 일이 되었다.

내 경험상, 가장 여행다운 여행을 할 수 있는 때는 주로 회사를 옮기면서 새로운 직장에 출근하기 전이었다. 일부러 짧게는 일주일 길면 한 달 정도 시간을 비워두고 꼭 여행을 했다. 낯선 공간에서 낯선 언어와 낯선 풍경을 경험하다 보면 머릿속도 저절로 비워지면서 이전 직장에서 쌓였던 스트레스를 날리고 새로운 일과 직장에 대한 두려움도 잠재울 수 있었다. 아는 사람이 없는 곳에서 나 자신을 마주하니 불안과 흥분이 가라앉고 그자리에 서서히 자신감이 채워지는 경험도 했다. 식품의약품안전처로 이직을 앞두고는 중국 난징에서 공부하는 친구의 도움으로, 룸메이트가 방학 동안 비운 방에 한 달간 머물렀을 때가 지금도 기억이 난다. 평소 중국문화에 관심이 많았던 터라 수시로 다롄이나 칭다오에

배편으로 가보기도 했다. 외국에 나갈 시간적, 경제적 여유가 없던 때에도 혼자 찜질방을 전전하며 일주일간 제주를 여행하는 등 국내 여행을 많이 다녔다.

여행을 가면 유명한 건축물이나 맛집을 돌아다니는 데 집착하지는 않는다. 그보다는 현지 사람들처럼 생활하려고 노력한다. 하루 이틀 정도는 무작정 걸어다니며 길을 익히고 가이드북이나 블로그 등에 나오지 않는 허름한 식당에 들어가본다. 외국에 갔을 때 영어나 한국어로 된 메뉴판이 없다면 옆 테이블 사람이 먹는 걸 달라고 한다. 다행히 입맛이 까다롭지 않아서 무엇을 먹어도 괜찮은 편이다. 처음에는 익숙하지 않아서 불편한 점도 있고 길을 잃을 때도 있지만 어느 정도 시간이 지나면 사람 사는 곳이 다 비슷비슷하구나 느끼면서 익숙해진다.

몇 번의 이직 경험을 통해서도 같은 것을 느꼈다. 하는 일이 달라지고 함께 일하는 동료들도 낯설지만, 어느 정도 시간이 지나면 새로운 환경에 적응되고 나의 자리를 편안하게 만들 수 있었다. 이직을 결정하고 그 사이 시간에 반드시 여행을 다닌 것이 나에게 주는 선물 같은 휴식이면서 동시에 스스로를 새로운 환경에 적응시키는 무의식적인 훈련이 되었을 것이라고 믿는다. 단 한 번 사는 인생에 역시 예습과 시뮬레이션은 정말 중요하다.

소극적인 성격이라 환경의 변화를 두려워하는 편인 내가 그래도 다른 사람들에 비해 조금이라도 세상에 잘 적응하는 편이고 배려심 있는 사람이라는 평가를 받기도 하는 이유는 아무리 생각해도 여행을 많이 다니면서 새로운 환경에 적응하는 방법을 익힌 덕이다. 특히 시간대별로 빡빡하게 짜인 패키지여행은 해본 적이 없고 늘 그날그날 상황에 따라 마음 가는 대로 다닌 것이 중요하지 않았나 싶다. 예상하지 못한 일을 겪기도 하고 크고 작은 사건사고도 벌어졌지만, 그 어려움을 이겨내는 과정이 기대 이상의 의미 있는 경험으로 남는다.

낮은 자존감, 높은 불안감 때문에 계획을 세우고 그것을 지키려고 아무리 노력해도 인생은 결코 나의 계획대로만 살아갈 수 없다. 바로 이 아이러니 때문에, 나는 여행을 떠난다. 내가 계획한 대로 되지 않을 것을 확인하고 미리 대비하기 위해서 말이다. 누군가에게는 황당하게 들릴지도 모르겠다. 세상이 너무 두렵고 무서운 나 같은 사람에게는 장기적으로 그리고 규칙적으로 한 걸음씩 나아가는 방식이 필요하지만, 여행처럼 원하는 대로 갈 수 없는 상황을 미리 경험해보고 대처 방법을 익혀야 안심할 수 있다.

또 여행은 나의 새로운 모습을 발견하고 자신감을 충전하기 위한 최적의 기회이다. 일상에서는 주위 사람들과 비교해서 자신을 상대적으로 낮추고 위축되기 마련인 소심한 나도, 아는 사람이 하나도 없는 환경에서 의외로 편안해지고 적극성을 더 많이 발휘하고는 한다. 선입견 없이 그저 보이는 대로 서로를 이해하고 대할 수 있기 때문일 것이다. 미국에 교환학생으로 갔을 때 주

위에 한국 사람이 드물었다. 한국에서는 학교 다니고 친구들 사귀는 것이 힘들었는데 그곳에서는 외국인 친구들과 즐겁게 잘 지내며 수학을 가르쳐주기도 하고 파티에 초대를 받기도 했다. 이렇게 낯선 곳에서 자신을 만나는 경험은 소중해서 여기에 쓰는 돈은 전혀 아깝지 않다.

이러한 이유로 사실 여행은 혼자 가는 것이어야 한다고 생각했지만, 결혼하고 아이들이 생긴 후로는 쉽지 않다. 가끔 아내의 고마운 배려로 1박 2일 또는 2박 3일 정도 꿀 같은 휴가를 즐기기도 하고, 이제는 그다지 손이 가지 않을 정도로 커버린 첫째와 단둘이 여행도 떠나고 있다. 평상시에도 많은 시간을 보내며 대화를 나누었지만 여행 중에 아이의 의외의 면과 생각을 발견하며 놀라고 배우는 경험도 소중하다. 갑갑하고 반복적인 일상에서 조금이라도 거리를 둘 때 비로소 할 수 있는 대화와 생각이 있는 것이다.

만약 스스로가 관성에 빠져 있다고 생각된다면, 어떤 핑계도 대지 말고 상황에 굴하지 말고 바로 여행을 떠나야 한다고 권하고 싶다. 또 새로운 도전을 앞두고 있다면, 새로운 환경에 적응하는 방법을 깨닫고 싶다면 역시 무작정 떠나야 한다. 큰 몸집으로 다가오는 파도에 수월하게 올라타기 위한 훈련과 연습으로서 여행은 선택이 아니라 필수다.

**너는 커서
뭐가 되려고
그러니**

너는 커서

뭐가 되려고 그러니

고교 졸업 이후 30년간 내가 잠시라도 몸담았던 직업이나 직장들은 단과 입시학원 강사, 다이아몬드공구 회사 해외영업, 공공기관 전략기획팀, 전문대 중국어과 겸임 교수, 경제자유구역청 외국인 투자유치 업무 계약직 공무원, 임용고시 학원 강사, 중앙부처 공무원, 컨설팅 회사 창업, 라이브커머스 쇼핑 호스트 등이고 변호사/변리사 자격증 및 영양사 면허 취득했으며 온라인 교육업 및 민간 자격증을 운영 중이다. 일일이 외워서 한 번에

랩을 하듯이 말하기도 어려울 정도로 참 이것저것 많이도 했는데, 이런 나의 삶을 예측이라도 하신 걸까, 고등학교 시절 친구의 어머니는 어느 날 나에게 이렇게 말씀하셨다.

"팔방미인이 굶기 딱 좋다. 한 가지에 집중하거라."

지금도 그렇지만 어렸을 때 나는 '팔방미인'이라고 할 만큼 재주가 많은 아이는 아니었으니, 아마 저 말씀은 공부에 열중하지 않고 산만하기만 한 나에게 주시는 충고이셨을 것이고, 그 속뜻은 "대체 너는 커서 뭐가 되려고 그러니?"라는 걱정이셨을 것이다.

하지만, 한 우물을 파는 것이 당연한 성공의 지름길이라고 여겼던 30년 전과 지금은 너무나 다르다. 여러 분야에 관심을 가지고 다양한 능력을 발휘하는 것이 자연스러워졌다. 한 가지 일에 만족하지 못하고 다방면에 끝없는 관심을 두고 방황을 하다 하다 이제는 즐기는 지경에 이른 나 같은 사람에게는 정말 다행이라고 할 것이다.

첫 대학 입학도, 공무원이 된 것도, 결국 로스쿨에 진학해 변호사가 된 것도 차근차근 계획대로 한 적이 없고 꿈도 아니었으며 어쩔 수 없는 충동적인 선택의 결과였다. 심지어 변호사가 되기로 마음먹은 이유도 식품의약품안전처 재직 시절 심한 텃세에 적응하지 못하고 도피하고자 한 것 외에 중요한 것이 하나 더 있다. 바로 골프 때문이다.

아주 우연히 골프 연습장에 들렀다가 그 재미에 푹 빠져버렸는데 당시 월급 200만 원의 공무원이 즐기기에는 너무나 돈이 많이 드는 취미였다. 저렴한 비용으로 마음껏 골프를 치려면 평일 시간을 자유롭게 쓸 수 있는 자영업자가 되는 것밖에 없다는 엉뚱한 생각에 마침 첫 입학생을 모집한다는 로스쿨 기사가 겹치면서 공무원에서 변호사로 인생의 항로를 바꾸어버린 것이다.

그렇게 시작한 로스쿨 시절은 생각보다 힘들었지만, 여기서 실패해도 돌아갈 곳이 없다는 생각으로 버텼다. 다행히 1년간의 암흑의 적응기간이 끝나자 비교적 공부도 수월해졌고 급기야 상위권 성적을 유지하며 장학금도 받았다.

변호사가 되어보니 소득이나 사회적인 인정 등의 면에서 이 직업 자체는 만족스러워서 로스쿨 예찬자라는 소리를 들을 정도로 남들에게 추천을 하고 다닌다. 하지만 정작 나한테 잘 맞는 직업은 분명히 아니다. 소심하고 남한테 싫은 소리를 하지 못해서 싸움을 극도로 피하면서 살아온 내가 변호사라니, 만약 직업적성검사를 해본다면 분명히 가장 맞지 않는 직업으로 나올 것이다. 솔직히 말하면 언젠가는 이 일을 그만두고 싶어서 이것저것 기웃거리며 살펴보고 있으니 얼마나 걸릴지는 모르겠지만 변호사라는 우물 옆에 또 다른 우물을 파기 시작할 때가 올 것이다.

그럼에도 나는 식품전문변호사로서 웬만한 전관 변호사도 부럽지 않게 일하고 있다. 식품 관련 사건 자체는 많은 편이 아니라 한 달에 한 건 수임도 쉽지 않지만 그 대신 최소한의 업무 시간으로 효율적으로 일할 수 있다. 게다가 변호사협회에 7개의 겸직 신고를 할 정도로 나머지 시간에 더욱 다양한 활동을 할 수 있는 것이다. 이게 다 한 길로만 가려고 고집하지 않고 한 우물을 파지 않은 덕분이니 나에게 쓴소리를 하셨던—물론 나를 걱정해서 해주신 말씀이지만—친구 어머니가 지금의 나를 보시면 뭐라고 하실까.

어렸을 때 야무지지 못했던 나는 자주 어른들께 핀잔을 들었다. "너는 커서 뭐가 되려고 그러니?"

요즘도 자주 스스로에게 묻는다. "커서 뭐가 되려고 그러니?" 그리고 여전히 내가 잘하는 게 뭔지 모르겠고 하고 싶은 것만 많다는 것을 깨닫는다. 그런데 하다 보니 뭔가가 되어 있기는 하다. 그래서 이렇게 대답한다.

"얼마나 더 클 수 있을지는 모르겠지만, 하다 보면 또 생각하지도 못한 무엇이든 될 수 있다"고.

굴곡은 있지만

결국 우상향을 믿는다

언제나 남들보다 많이 늦게 도달했기 때문에, 젊은 시절의 나는 내내 불안하고 힘겨웠다. 40대가 되어 변호사로서 새로운 시작을 경험하고 나서야 조금 안정과 여유를 갖게 되었는데 그래서인지 남들보다 늦게 인기를 얻게 된 영화 〈기생충〉의 이정은이나 〈범죄도시〉의 박지환 같은 배우를 좋아한다. 오랜 세월, 다양한 작품에서 조연이나 단역으로 꾸준하게 활동했던, 그러다가 뒤늦게 신스틸러나 명품 조연 같은 타이틀을 얻고 전성기를 꽃피우는 이런 배우들의 힘들었던 젊은 시절에 관한 인터뷰를 보다가 혼자 감동하며 눈물을 흘린 적도 많다. 생계를 위해서 온갖 일을 마다하지 않고 아르바이트를 하면서도 꿈과 열정을 버리지 않았던 그들이 늘 존경스럽다. 남들처럼 안정된 직장이나 생활을 택하지 않았던 것이 당시에는 후회스러웠을지 모르지만, 그 결과로 비교할 수 없는 행복을 누리게 되었으니 말이다. 그 꾸준함을 늘 배우고 싶다.

대학 입학과 동시에 창문 없는 고시원을 시작으로 보일러실을 개조한 지하실을 비롯해서 원룸들을 전전하던 20대 시절이나 학교와 직장을 오락가락 하며 방황했던 30대 시절에는, 내가 전문직이 될 것은 상상도 하지 못했다. 서른한 살이 되어서야 대학 졸업장을 받았다. 동기들은 안정된 직장도 갖고 가정도 꾸릴 때, 나는 공무원을 그만두고 로스쿨에 들어가면서 스스로를 불안한 상황으로 내몰았다. 그리고 10년이 순식간에 지났다. 그리고 나는 다시 앞으로의 10년, 그리고 20년을 준비하고 있다.

20~30대 시절에는 미래를 준비할 여력이나 의지가 전혀 없이 힘들게 방황했다. 늦었다고 생각했고, 안전한 선택을 포기하고 무모한 도전을 했던 나 자신을 원망하고 자책도 했다. 하지만 그 모든 어려움을 거쳤기 때문에 비교적 단단해진 마음으로 40대를 보낼 수 있었음을 안다. 그리고 미래를 준비하고 노력할 수 있는 여력이 생겼다.

이제 인생의 중반을 살짝 넘었기 때문에 '대박'일지 '쪽박'일지 알 수 없다. 20~30대에는 분명히 '쪽박'인 줄 알았는데, 40대는 그런대로 '중박' 이상인 것 같다. 물론 지금의 평가는 아무 소용이 없다는 것을 안다. 확실한 것은 남들과 똑같이 열심히 살아봐야 본전이겠지만 남들과 다른 과정을 거쳐서 열심히 노력한 후 살아남게 되면 그 보상은 상상 이상으로 크다.

이른 은퇴를 바라고 준비하는 사람도 많지만, 나는 오래오래 건강하게 일하고 싶다. 나는 아직 하고 싶은 일이 많고 무엇이든 될 수 있다고 믿는다. 10년 전, 오늘 내가 이렇게 변호사가 될지도 심지어 책을 쓰게 될지도 몰랐다. 10년 후 내가 무엇이 되어 있을지도 지금 알 수는 없다. 하지만 준비는 할 수 있다.

만약 나의 인생을 그래프로 그린다면 아주 낮은 곳에서 시작하여 오르락내리락 굴곡으로 표현될 것이다. 심지어 고점을 찍지도 못했다. 그런데 분명한 것은 그래도 우상향을 하고 있다는 것이다. 남들보다 조금은 늦었지만 결국 전성기를 맞고 더 멋진 모습을 보여주는 배우처럼, 매일 성실하게 준비를 하고 있기 때문이다.

우리는 누구나

창업가가 된다

20대 시절 잠시 단과학원 강사로 일한 적이 있었다. 의외로 아이들을 가르치는 일이 적성에 맞아서 꽤 즐거웠는데, 몇 년 후에는 임용고시 학원에서도 일하게 되면서 아예 전문 강사로 나가볼까 하는 생각을 잠깐 한 적도 있었다. 당시에는 학생들이 낸 수강료를 학원과 강사가 5대 5로 나누는 시스템이었다. 초보 강사일 때는 당연히 수강생 수가 적었지만, 열심히 하다 보니 잘 가르친다는 소문이 나서 금방 수강생이 늘어났고 수입이 생각보다 괜찮았다. 이때의 경험으로 내가 업무의 양과 목표를 주도적으로 결정하고 한 만큼 성과를 얻는 것이 일하는 데 중요함을 깨달았다.

점차 내 또래의 사람들이 회사에서 퇴직하는 일이 늘어나고 있다. 인생은 길어졌는데, 어느새 50대가 되면 해고나 명예퇴직을 염려해야 하고 아무리 오래 해도 60세 전후에는 정년퇴직해야 하는 현실이 안타깝다. 자영업자나 회사 대표이사가 아닌 한 우리 모두 언젠가는 자의든 타의든 조직에서 벗어나게 된다. 그리고 그 시기가 늦어지면 늦어질수록 발휘할 수 있는 능력치나 성공 가능성이 점점 하락하게 되는 것도 맞다.

한때 세대를 불문하고, 오히려 젊은 세대들 가운데에서 '퇴사 열풍'이 불었고 창업을 통한 성공 사례도 넘쳐났지만 무작정 창업이나 프리랜서로의 변신을 부추길 수만은 없다. 현실적으로 조직생활보다 수십 수백 배 어려운 것이 사실인데, 그렇기 때문에 충분한 시간을 두고 준비해야 한다. 너무나 유명한 말처럼 '회사는 전쟁터이고 밖은 지옥'이니까.

단과학원과 임용고시 학원에서 수강생 수, 그러니까 일한 만큼과 능력에 비례하는 강사료를 받은 경험을 해보니, 그리고 변호사 사무실을 포함해서 세 번의 창업을 해보고 나니 다시는 정해진 월급을 받는 생활로 돌아갈 수 없게 되었다. 규모에 상관없이 스스로 사업을 해보면, 내 수입을 내가 정할 수 있다는 것이 무엇과도 바꿀 수 없는 장점이기 때문이다. 바꿔 말해서 내 수입을 예측할 수 없어 불안하다는 것 역시 단점이다.

그래서 나는 매일 매출이 발생할 때마다 월간과 연간 누적 수입을 기록하는 습관이 있다. 내가 얼마나 벌고 있는지를 한눈에 보고자 하는 것인데, 매월 중순까지 매출이 부진하면 조마조마해지고 상담 전화 하나하나에 온 신경이 쓰인다. 반대로 월초에 충분한 수입이 있다면 아무래도 월말까지 마음이 편하다. 매일 매월 일

희일비하게 되는 것, 어쩔 수 없다.

퇴직자들이 가장 많이 선호하는 창업이 공인중개사 또는 편의점이라고 한다. 자금이 부족하면 공인중개사 자격증을 준비하고 여유 자금이 있으면 편의점 창업을 하는 게 일반적이라는 이야기를 들었다. 공인중개사 연간 응시인원은 약 25만 명에서 30만 명으로 자격증 시험 중 가장 응시인원이 많다고 한다. 수능 응시인원이 보통 40만 명 정도이니, 고등학교 3학년 같은 반 친구 중 절반은 나중에 공인중개사 시험장에서 다시 만날 것이라는 웃지 못할 농담도 있다.

공인중개사 자격증이나 편의점 창업이 그 장벽은 상대적으로 낮지만, 창업 후 막상 현실적으로 살아남기 어렵다는 것은 모두가 알고 있다. 그러니 50대부터 아니 40대부터 지금의 월급을 받지 못하게 될 시기가 곧 온다는 것을 인정하고 준비해야 한다. 이미 40대 은퇴 시대는 도래했다.

증권회사에 다니고 있으니 퇴직 후 전업으로 주식 투자에 올인 하겠다고, 대기업에 다녔으니 퇴직하면 중소기업으로 몸값을 낮춰서 가면 된다고, 퇴직금을 넉넉하게 받았으니 프랜차이즈 창업을 하면 된다고 쉽게 생각할일이 아니다. 입시 공부를 하듯 치열하게 창업을 준비하고 공부해야 한다.

그저 성적에 맞춰서, 부모님이 원하니까, 남들이 유망하다고 하니까 전공과 직업을 선택하는 것이 평범하고 일반적이었던 인생의 제1막과 이제 맞이할 2막은 달라야한다. 사회생활을 경험하고 부딪치면서 자신에 대해 더많이 공부하게 되었으므로 진정으로 하고 싶은 일, 나에게 맞는 일에 몰두할 때가 된 것이다. 자신의 상황과능력도 최우선으로 고려해야 함은 물론이다. 기대수명이 늘어나고 지금의 중년들은 경제력이 높은 것으로 발표되지만 그건 어디까지나 상대적인 수치일 뿐이기 때문이다.

나이와 무관하게 경험과 실력으로 오랫동안 승부할 수 있으면서 하고 싶은 일을 찾고 그 일을 통해서 어느 정도 수익을 얻을 수 있는지를 진지하게 고민하는 것은 빠르면 빠를수록 좋다는 게 나의 생각이다. 현실적으로 가능하다면 부업이나 사이드잡 등을 통해 다양한 경험을 해보는 것도 좋을 것이다. 다만, 최근에 N잡러나 창업을 원하는 사람들을 대상으로 하는 강의나 컨설팅이 성행하는데, 큰 노력 없이 누구나 성공할 수 있는 것처럼 강조한다면 나와는 상관없는 과장 광고일 수 있다는 것도 주의해야 한다.

변호사로 10여 년 일하면서 어느 정도 생활은 안정되었지만, 나 역시 언제 어려운 상황이 발생할지 모른다는 위기감을 항상 가지고 있다. 이것이 자영업자의 숙명일 텐데 이것을 극복하기 위해 내가 할 수 있는 일을 하나씩 추가하는 전략으로 하고 있다. 그래서 생명보험설계사 일을 시작했고 이 일을 더 잘하고 싶어져서 손해보험설계사와 펀드투자권유대행인 자격도 취득했다. 하지만 여전히 부족함을 느껴서 지금까지의 경력을 더 살리는 한편 전문가로서 오랫동안 일할 수 있는 손해사정사도 되어볼까 알아보고 있다. 합격까지 2~3년의 시간이 필요하다고 하니 결심이 쉽지는 않지만 또 포기하고 싶지도 않다.

나는 목이 마르지도 않은데 누구한테 끌려가서 억지로 물을 마시고 싶지는 않다. 다만 갈증이 나고 물이 마시고 싶어질 때를 대비해서 미리 샘물을 준비해놓고 싶다. 맑고 시원한 물이 계속 솟아나는 샘을 스스로 파고 언제든 원할 때 마시고 싶을 뿐이다. 창업가 정신이란 곧 이런 게 아닐까.

익숙한 것과 결별하면

두려움에서 해방된다

나는 호기심이 많기도 하지만 싫증도 잘 나는 성격이다. 그래서 몇 시간 꼬박 해야 하는 컴퓨터 게임도 못 하고, 내 차례를 오래 기다려야 하는 단체 경기도 별로 좋아하지 않는다. 일을 할 때도 마찬가지다. 같은 유형의 업무를 반복하면 금세 지루함을 느껴서 신규 사업을 찾거나 다른 곳을 기웃거리는 식이다. 그동안 이직을 많이 한 이유 중 하나이기도 하다. 지루함을 못 참는 성격은 쉽게 바꿀 수 없으니 스스로 잘 활용해보기로 했다.

그만큼 새로운 것으로 빠르게 적응할 수 있으니 쉽게 배우고 많은 것을 경험할 수 있었다. 거기에 더해 익숙한 것만 찾지 말자, 새로운 것을 거부하지 말자고 마음먹은 지 오래다.

익숙해지면 편하다. 이유를 생각하지 않아도 몸이 그대로 따르기 때문이다. 익숙한 것은 안전하기도 하다. 이미 그 결과를 예측할 수 있으니 크게 대비할 것도 없다. 하지만 익숙함에 너무 길들여져 있으면 발전이나 성장과는 멀어진다. 운동할 때 한 가지 동작만 반복하면 능력과 균형은 깨진다. 편한 방식만 고집하고 잘 아는 것만 반복한다면 시야가 좁아진다고 믿는다. 편견과 고정관념에 사로잡히지 말고 넓게 새롭게 보자고 늘 다짐한다.

변호사가 된 뒤 몇 년 동안은 나 역시 무의식적으로 '변호사답게' 보이는 것, 변호사는 이러이러 해야 한다는 고정관념에서 벗어나지 못했던 것 같다. 처음에는 우선 변호사로서 기본적인 업무를 익히고 잘해내는 데 열중

했는데, 어느 정도 익숙해지고 나니 식품전문변호사로서 전문성을 계속 키우는 것이 최우선 과제가 되었다. 그러기 위해서 가만히 앉아서 의뢰인만 만나는 것이 아니라 다방면의 전문가들과 접촉하고 적극적으로 소통하기 위해 애썼다. 식품 전문 학회나 소비자단체 활동을 시작했고 임원도 되면서 정말 많은 전문가들과 유익한 정보와 의견을 교환하며 큰 도움을 받았다.

이런 활동을 통해 특히 사업가들을 많이 만날 수 있었는데, 나이나 성별, 학벌 등과는 무관하게 특유의 에너지와 도전정신을 갖추고 있음을 느꼈다. 어쩌면 가장 보수적인 직업일 법조인 세계에서는 찾아보기 힘든 특징이었다. 개인 사무실을 운영하는 변호사는 법률 전문가이면서 사업가이기도 하다. '서초동 마인드'를 벗어버리고 '사업가 정신'을 갖추어야 살아남을 수 있다는 생각이 점점 강해졌다. 흔히 변호사 하면 떠올리는 이미지부터 버리자고 생각했다. 그래서 서초동 법원 앞 사무실을 떠나 공유오피스로 이사했다.

공유오피스로 이사하면 어떨까 하는 생각에 주변 지인들에게 의견도 구하고 나의 고민을 SNS에 올려보기도 했다. 꽤 많은 사람들이 공유오피스가 불편할 것이라거나 다른 변호사와 근사한 사무실을 함께 쓰는 것이 낫지 않겠냐는 이야기를 해주었다. 하지만 나는 기업 고객이 대부분이라 사무실에 방문하는 사람이 적고 외근이 많은 편인 점을 생각하면 굳이 번듯하게 꾸민 넓은 사무실이 필요하지 않다는 것에 착안했다. 무엇보다 익숙한 공간에서 벗어나고 싶었다. 그래서 내 생각대로 일단 공유오피스로 옮겼다. 업계에서 존경받는 변호사이자 페이스북 친구인 분께 '실행력 하나는 정말 대단하다'는 칭찬 아닌 칭찬을 받기도 했다.

공유오피스로 들어가면서 많은 것이 달라졌다. 서초동 스타일 변호사 사무실과는 달리 개인 방이 없어지면서 직원과 같은 책상에서 일하고 있고, 정장과 구두가 아닌 캐주얼 차림에 운동화를 신게 되었으며, 출퇴근에 자주 공유자전거를 이용하고 있다. 외형만 달라진 것이 아니다. 원래도 그다지 무게 잡는 편은 아니었지만 더욱 형식이나 체면에 신경 쓰지 않게 되었다. 사업가 정신과 서비스 정신을 더 갖추어 일하자고 마음먹었다. 누군가가 나를 찾아주기를 기다리는 것이 아니라 법률 서비스가 필요한 사람에게 적극적으로 찾아가고 제안하려고 노력한다. 이미 벌어진 사건사고의 대책을 논의하는 것에서 나아가 사전에 예방할 것은 없는지 살펴보는 변호사가 되고 싶어졌다.

이러한 변화가 가능했던 이유 중 하나는 익숙한 변호사 업무에 더해 보험설계사라는 직업을 갖게 되면서이기도 하다. 변호사로서는 정말 편하게 영업한 면도 있다. 10여 년간 꾸준하게 블로그에 글을 쓰고 전문 매체에 칼럼을 연재하다 보니 그 글들을 검색해서 찾아오는 고객들이 많다. 아니면 식품업계 종사자들이 소개하는 경우인데, 특별히 고객을 유치하고 나의 서비스를 팔기 위한 노력은 하지 않아도 되었다.

보험 영업은 완전히 달랐다. 보험 하나쯤 가입하지 않은 사람이 없지만 대체로 지인의 권유로 따져보지 않고 가입하는 경우가 많다. 나는 아이들을 키우는 데 필요성을 느껴 보장성 보험에 가입하면서 관심을 갖게 되었고, 이왕이면 꼭 필요한 보험을 제대로 알려주고 싶다는 생각이 들었다. 이때도 변호사가 왜 보험 영업을 하느냐, 보험은 자동차 판매와는 달리 무형의 상품을 다루기 때문에 훨씬 어렵다는 걱정 아닌 걱정도 많이 들었지만 그래서 더 도전해보고 싶기도 했다.

막상 시작해보니 아니나 다를까 보험 영업은 쉽지 않았고, 이전까지 갖고 있던 변호사로서의 태도로는 더욱 그랬다. 나 역시 변호사는 의뢰인에게 업무적으로 명확하게 선을 긋고 건조하게 대하는 것이 정석이라고 생각해왔는데, 보험설계사가 그랬다가는 자칫하면 딱딱하고 무례해 보이며 마이너스가 될 수 있음을 느꼈다. 결국 영업이란 고객을 편안하게 하고 고객이 필요로 하는 서비스를 제공하여 만족시키는 것이라는 가장 기본적인 원칙을 깨달았고, 변호사로서의 기존의 업무 방식까지 완전히 바꾸게 된 것이다.

얼마 전에는 사용하던 휴대전화, 스마트워치, 태블릿도 모두 애플 제품으로 바꾸어보았다. 대단한 이유가 있는 것은 아니었다. 왜 전 세계인들이 애플 제품에 열광하는지 늘 궁금했다. 가격이 비싼데도 단순한 휴대전화나 태블릿이 아니라며 새로운 모델이 출시될 때마다 밤을 새워 기다리는 사람들을 보며 호기심이 생겨서 경험해 보고자 했다.

몇 개월이 지난 지금, 솔직히 말하면 아직 불편하다. 기능들을 완벽하게 사용하지 못하고 있는 것 같다. 하지만 익숙한 것에서 벗어나고 싶었고, 이런 사소한 시도 자체로 새로운 기계나 제품에 대한 두려움이나 귀찮음에서 해방된 느낌이다. 관계도 환경도 익숙함에 파묻혀 그 달콤함만을 누리다 보면 가능성마저 잊게 된다. 습관도 환경도 내가 제어하고 과감히 버리거나 새로운 것을 취해야 한다.

어차피 내일은 내가 한 번도 경험해보지 못한 하루다. 그리고 지나온 과거로 돌아갈 수도 없다. 결국 우리는 항상 새로운 것에 적응하고, 익숙한 것으로부터 이별하게 된다. 이렇게 생각하니 내가 한 모든 행동은 별로 특별할 것도 없다. 그냥 우리의 삶 자체가 이런 거니까.

나를 움직이게 하는 것은

돈이 아니다

열 손가락을 다 접을 정도로 이직과 창업의 경험을 해 보았지만 그 이유는 더 높은 월급이나 수입을 기대해서 가 아니었다. 중소기업이나 계약직 공무원의 월급이란 빤한 것이었고, 몇 번의 창업을 통해서도 직장인의 평 균 연봉 이상을 벌어본 적은 없다. 내가 다른 직업이나 분야로 옮겨 다닐 때는 돈이 아니라 얼마나 흥미로운 일인지, 지금의 나를 발전시킬 수 있는지를 제일 먼저 따져보았다. 쉽게 말해 '얼마나 재미있는가'를 묻고 그에 따라 결정했던 것이다.

물론 연봉이나 매출액 등이 나의 가치를 평가하는 척도가 되기도 한다. 하지만 이 기준은 어디까지나 상대적인 것이고 나의 만족은 나만이 정할 수 있다. 그리고 그 승부는 의외로 시간이 오래 걸린다.

재테크의 기본이 종잣돈을 모으는 것이라고들 한다. 커리어에서도 마찬가지라고 생각한다. 일정 수준의 경력과 경험이 있어야 커리어를 발전시킬 수 있기 때문에 일단은 시작해보는 것이 중요하다. 경력직으로 새롭게 이직하기 위해서는 내가 직장에서 쌓은 경험이 재산이다. 결국 내가 직장을 다니면서 진행했던 프로젝트나 평소 하는 업무가 마치 적금을 불입하듯이 쌓여서 종잣돈이 되는 것이다.

이렇게 생각하니 회사에서 나에게 주어진 일이 매우 소중해진다. 지금 하고 있는 일들이 모여서 엄청나고 멋진 일을 할 수 있는 밑거름이 된다니 아무리 작은 것이라도 허투루 대충대충 할 수가 없게 된다. 내가 지금 변호사로 일하면서 가장 공감하는 부분이기도 하다. 그동안 모아온 나의 작은 경험들이 얼마나 큰 도움이 되는지 모른다. 차곡차곡 매월 입금한 공격형 적립식 펀드가 10년이 지나 다행스럽게 수십 배로 불어난 것처럼 말이다.

중소기업에 다니다가 공공기관으로 이직할 때만 해도 변호사가 되리라고는 생각도 하지 못했고, 공무원이 되겠다는 계획이나 목표도 아예 없었다. 하지만 나의 업무를 기준으로 커리어를 쌓는 한편 관심사를 넓히는 것을 게을리 하지 않았고 그러다 보면 약간 방향을 달리한 일에 호기심이 생기고는 했다. 그런 방식으로 탐구하다가 보이는 새로운 길로 과감히 들어서기를 반복해왔다. 물론 그런 선택을 할 당시에는 대단한 확신이 있었던 것은 아니다. 왜 한길로 쭉 걸어가지 못하는 걸까 스스로에게 묻기도 했지만, 경사가 심한 길을 올라갈

때 지그재그로 걸어야 무리가 덜한 것처럼 결국 편하게 효율적으로 움직이는 방식이 되었다.

유목민처럼 정착하지 못했던 사람, 특이한 이력을 가진 늦깎이 변호사로 보이겠지만, 지금 생각해보면 20여 년 동안 다양한 업무들을 경험한 결과이기도 하다. 제각기 다른 모양을 가진 작은 조각들 수백 개를 잘 연결시켜 전혀 다른 형태의 그림을 만들어내는 지그소 퍼즐처럼 말이다. 그리고 그 퍼즐들을 맞추기 위해 나 스스로에게 얼마나 재미있는지, 얼마나 잘할 수 있는지, 얼마나 지치지 않고 오래 할 수 있는지 묻고 또 물었다. 그 질문들이 나를 움직이게 했다.

가까운 곳에

롤모델이 있어야 성장한다

이러저러한 사정으로 여러 학교를 다녀보고 여러 직업을 경험하면서 다양한 사람들을 만나게 되었다. 나는 외향적이고 활동적이지 못한 반면에 다행스럽게 조용히 주변을 관찰하면서 분석하는 데 약간 재능이 있다. 그래서 내가 속한 조직의 사람들, 내가 만나는 다양한 사람들의 특성과 차이를 살펴보면서 나에게 부족한 점을 깨달았고 어떻게 성장해야 하는지, 변하기 위해 노력해야 될 이유 등을 생각했다. 그리고 그들 중에 나의 롤모델도 찾았다.

좋은 조직의 조건은 롤모델이 많은 것이라고 생각한다. 학교도 마찬가지다. 함께 생활하는 동기나 동료, 선배들의 모습을 통해 자극받을 수 있고 자신감을 갖게 해주는 곳이 좋은 학교이고 조직이다. 고등학교 성적, 수능 성적으로 줄 세우는 세간의 대학 평가는 한정적인 기준이다.

사회에서도 마찬가지다. 훌륭한 선배가 많고 성공 사례가 많으면 열심히 쫓아다니면서 배우며 자신의 역량을 키울 수 있다. 기업의 대표들이 바쁜 시간을 쪼개 자신보다 사업을 잘하는 사람들이 모인 CEO 과정에 다니는 이유이기도 하다. 학창시절이든 직장생활이든 사업이든 가장 빠르고 수월하게 성공하는 방법 중 하나가 닮아가고 싶은 롤모델을 찾는 것이다.

롤모델이 한 사람일 필요는 없고 또 그럴 수도 없을 것이다. 나는 내가 속한 학교나 직장 등 조직에서 반드시 한 명 이상의 롤모델을 찾아냈다. 딱히 정형적이고 일관된 조건이 있는 것은 아니었다. 꼭 선배나 상사인 것도 아니었다. 멀리서 찾기보다 항상 내가 지켜보기 쉬운 가까운 거리에 있는 롤모델을 찾았고, 그들도 모르게 따라다니거나 관찰하면서 배웠고, 그를 통해 나만의 방식을 만들었다. 그들은 유명인도 아니었고 모두 명문대를 나오지도 않았으며 세속적인 평가로 성공한 사람이 아닐 때도 있었다. 하지만 한 사람 한 사람 모두 나에게 큰 가르침을 주었다.

내가 배울 점이 있고, 친하게 지내고 싶으면서 존경할 만한 사람은 어디든 있기 마련이다. 일단 주변을 찬찬히 살펴보고 가까이 있으면서 가장 닮고 싶은 사람을 찾으면 된다. 손이 닿지 않게 멀리 있고 누구나 우러러보며 범접할 수 없는 사람을 롤모델로 삼는 것은 솔직히 전혀 도움이 되지 않는다고 생각한다. 그런 사람은 이미 위인전을 통해 그만큼만 나에게 영향을 주었을 것이다. 현실에서 구체적이고 지속적으로, 그리고 깊게 영향을 미치는 롤모델은 반드시 내 주변에 있다. 역시 발견하려는 노력이 필요할 뿐이다.

혹시 지금 많이 정체되어 있다고 생각한다면, 좀더 발전하고 싶은데 그 방법을 잘 모르겠다면 자신이 속한 학교, 회사, 모임에서 롤모델을 찾아보라고 권하고 싶다. 없다면 찾기 쉬운 곳으로 옮기는 것도 방법이다. 그러면 그곳이 바로 명문대고, 좋은 회사고, 나를 성장시켜줄 조직이다.

롤모델과 함께 성장하다 보면 나 역시 모르는 새에 누군가의 롤모델이 되어 있을지도 모른다. 누군가가 나를 그렇게 평가해준다면 그것도 성공한 인생이라고 할 것이다. 아직 나는 그런 점에서 많이 부족하지만, 혹시나 누가 나에게 도움을 청하고 조언을 구해온다면 예전의 나의 롤모델 선배가 그러했듯이 정성을 다해 함께해줄 것이다.

부모님이

매일 뉴스를 챙겨 보시던 이유

하루 종일 힘들게 일하고 집으로 돌아오신 아버지의 저녁 루틴은 늘 일정했다. 저녁식사 하면서 뉴스를 보시고, 씻고 나서 9시 뉴스를 보시고 주무시기 전 자정에도 마감뉴스를 보셨다. 아침 뉴스도 물론이다. 어린 내가 보기에 뉴스는 어느 방송사나 똑같아 보였고 무슨 말인지 알아듣기도 어렵고 무엇보다 재미없었다. 드라마나 코미디 프로를 보고 싶다고 불평을 하기도 했지만 채널 결정권은 아버지에게 있었고 뉴스를 챙겨 보시는 건 어머니도 마찬가지였다.

뉴스를 접할 방법이 공중파 방송이나 신문뿐이었던 예전과는 달리 수없이 많은 방법으로 그리고 실시간으로 언제든 뉴스를 접하게 된 지금, 나 역시 뉴스를 향해 눈과 귀를 열어두고 있다. 예전의 부모님처럼 정해진 시간에 텔레비전을 켜지 않아도, 심지어 원하지 않아도 너무 많은 뉴스들이 쏟아져 나오기 때문에 잘 거르고 취합해야 하는 수고로움도 있으나 우리 사회가 어떻게 돌아가고 어떤 이슈가 발생했는지 알아가는 것은 정말 중요하다. 당장 내가 수임한 사건들을 파악하고 대처하기 위해서이기도 하지만, 거시적으로는 지금 내가 하는 모든 일이 어떻게 진행되고 변화할지를 고민하고 예측하기 위해서이다. 또 사회 구성원으로서 정치, 사회적인 변화에 꽤 민감하게 영향을 받고 있음을 절실히 깨닫기도 했다.

2012년 9월, 처음 변호사 사무실을 개업했다. 경험도 부족하고 의뢰인도 많지 않았다. 어떤 방식으로 영업을 해야 하나 전전긍긍하고 있던 중에, 다음해 새 정부가 들어서면서 시행된 정책이 바로 성폭력, 학교폭력, 가정폭력 그리고 불량식품 유통 등을 4대 사회악으로 규정하고 근절하겠다는 것이었다. 정책이 발표되자마자 사무실로 전화가 빗발쳤다. 국내 유일의 식품 전공, 식품의약품안전처 출신 변호사로 주요 일간지와 인터뷰를 해야 했고, 사건 의뢰 문의가 너무 많아서 전화 통화를 하느라 목이 쉴 정도였다. 몇 개월 동안 혼자 사무실을 지키고 있다가 곧 직원을 두 명 채용해야 할 정도가 되며 매출도 크게 늘었다. 사회적인 정책에 영향을 받아 예상하지 못한 변화를 맞이한 것이다.

나는 공무원 시험이 아닌 새로 시행된 지역인재추천제도를 통해 공무원이 되었고 사법시험이 아닌 역시나 새로 생긴 로스쿨을 통해 변호사가 된 사람이다. 사회가 발전하고 변화하면서 새롭게 만들어진 제도를 충분히 활용해온 셈인데, 운이 좋다면 좋은 것이겠지만 막연하게나마 기본적인 준비를 해놓고 있었기 때문에 가능한 것이기도 했다. 항상 유효기간이 1년 이내인 토익 900점 짜리 성적표를 준비해두었고 인천대학교 재학시에는 학점 관리도 철저하게 한 편이었다. 어떤 시험에든 필요한 최소한의 응시 자격을 갖추고 있었기 때문에 남들보다 빠르고 적절하게 기회를 잡을 수 있었다고 생각한다.

지금은 많은 정보를 접하고 점검하면서 역시 예상하지 못한 시기에 만날 기회에 대비하려고 한다. 언제 또 나의 일과 밀접한 변화가 일어날지 모르는데 아무 준비 없이 맞닥뜨리고 싶지는 않다. 다행히 스마트폰이라는 훌륭한 도구가 있고 이제까지의 경험치와 그동안 쌓아온 인맥과 관계를 통해서 훨씬 양질의 정보를 나름대로의 방식으로 축적하며 분석할 수 있게 되었다. 같은 뉴스를 두고도 보는 관점에 따라 전망이 달라지고, 나와의 관련성이 달라지므로 최대한 분석적으로 보려고 한다.

그리고 내가 속한 이 사회가 안정된 상태인지 혹은 어

떤 변화를 앞두고 있는지, 어떤 방향으로 나아가게 될 것인지 깊이 있게 관심 가지려고 노력한다. 나만 노력한다고 나 혼자만 잘살 수도 없는 사회가 된 지 오래다. 대통령이 누구인지에 따라 공무원 채용 인원이 달라지고, 대기업 총수가 사면되면 기업 활동이 활발해져서 공채 인원을 늘리기도 한다. 세금 부과 체계가 달라지고, 건강보험 요율이 바뀌고 전기요금도 달라지니 사회의 변화에 관심을 갖지 않는 것이 오히려 이상하다. 이래서 나이가 들수록 선거에 더 관심이 많아지는 면도 있다.

나 외에 주변과 함께 사는 사람들을 생각한다는 순수한 취지도 있지만 결국 내 인생에 영향을 주는 외부환경 변화에 제대로 대처하기 위해서 오늘도 변해가는 상황에 대한 모니터링을 게을리하지 않으려 한다.

학교에서는

절대 배울 수 없는 일머리

중고교 시절의 나는 국어보다 수학 성적이 좋았고, 말하기나 글쓰기보다 계산이 쉬워서 스스로 이과형 인간이라고 생각했다. 돌이켜보니 수학이나 과학 과목을 좋아한 것도 아니었지만 말이다. 그 덕분에 식품영양학과에 진학한 후 실험실습 시간에 꽤 애를 먹었다.

전역 후 다시 들어간 대학에서 통상을 전공했고 이후에는 주로 무역이나 해외영업 업무를 했는데 의외로 적성에 잘 맞았다. 로스쿨을 거쳐 변호사가 된 후에 비로소 내 성향과 적성에 대해 더 잘 알게 되었다. 논리적으로 서면을 작성하고, 사실관계를 파악하고 말이나 글로 전달 또는 설명하는 게 더 흥미롭고 수월했다. 즉 중고등학교 시절에 이과였는지 문과였는지는 중요하지 않고 게다가 학교 성적은 사회생활이나 업무에서 큰 비중을 차지하지 않는다. '공부머리'에 의한 성적보다는 '일머리'에 따라 업무 능력이 달라진다는 것을 점점 더 강하게 실감한다.

물론 학창시절에 공부를 잘한 사람이라면 그만큼 기본적인 지식뿐만 아니라 끈기와 성실성을 갖추었다고 말할 수 있다. 그러나 한때의 성적이 인생 전체를 평가하는 기준이 될 수 없고, 학교 공부만으로는 한 사람의 가능성이나 잠재력을 온전히 파악하기 어렵다. 변호사를 하면서 휴대전화에 4,000여 명의 연락처를 저장할 정도로 범죄자부터 대기업 총수까지 수많은 사람들을 만나보니 어린 시절의 성적이나 학력은 정말 중요하지 않음을 확실히 알게 되었다.

내가 가장 많이 만나는 사람들은 식품 분야 중소기업 대표들이다. 수십 수백억 원의 매출을 올리는 회사를 경영하는 그들은, 대체로 책임감이 강하고 목표를 이루려는 의욕으로 똘똘 뭉쳐 있다. 워낙 경쟁과 규제가 심한 사업이어서 회사를 안정시키기까지 엄청난 노력을 했을 것이 분명한데, 그것에 안주하지 않고 매출과 이익을 확대해서 회사를 더욱 키우기 위해 고민하는 모습들을 보면서 자극을 많이 받았다.

최근 식품 스타트업 회사들이 늘어나며 대표들의 연령대나 사업 스타일도 젊어지고 도전적으로 변하고 있음을 느낀다. 이들의 아이디어나 퍼포먼스 등에서도 배울 점이 아주 많다. 연령이나 회사 규모에 상관없이 성공 가도에 올랐거나 성장 중인 회사의 대표들은 공통적으로 열정적이고 혁신적인 사고방식을 가지고 있는데, 이들이 모두 명문대를 나왔거나 학교 다닐 때 공부만 잘

했던 사람일까. 적어도 내가 만나본 사람들은 무엇보다 '일머리'와 자기확신, 열정이 뛰어났으며 그런 특성들은 학교에서는 결코 배울 수 없다.

나는 기회가 생길 때마다 주변의 사업가들을 만나서 담소를 나누며 하나라도 더 배우려고 노력한다. 학창시절에 남보다 열심히 공부하면 좋은 성적을 받았던 것처럼 노력해서 성공한 사업가가 되고 싶지만 그럴 수 없다는 것을 잘 안다. 사업은 공부와 분명히 다르고 돈을 버는 기술은 학교에서는 가르쳐주지 않는다. 그렇지만 그들과 소통하고 함께 일을 하다 보면 나도 분명히 영향을 받고 변해간다는 것을 안다. 내가 배워야 한다는 것을 인정하고, 사업가의 능력을 존경하는 것부터 시작하면 된다.

학창시절의 성적과 사회생활의 우수한 업무능력이 별개라고 인정하는 순간 또 다른 세상을 볼 수 있고, 내가 할 수 있는 일이 더 많아진다. 지금까지 열 개의 직업을

거치며 만난 무수한 사람들로부터 확인한 사실이고, 나
도 이런 편견을 깨려고 계속 노력 중이다.

비난과 비판으로

강해진 나의 힘

SNS에 내가 하고 있는 일이나 일상 등을 올리기 시작하면서 누구나 그렇겠지만 방문자 수나 '좋아요' 수에 매우 민감했던 적이 있다. 지금은 그 정도는 아니지만, '좋아요'와 댓글이 마치 나에 대한 관심이나 칭찬처럼 느껴졌던 것 같다. 일하다가 지치거나 자존감이 낮아졌다고 생각하면 아내에게 나를 칭찬해달라고 부탁하기도 한다. 그러면 아주 사소한 설거지나 아이들 밥을 챙겨주는 일에도 내 엉덩이를 두드려주면서 "참 잘했어

요"라고 말해주어서 고맙다. 이 칭찬 요법은 마음의 상처도 치유해주고 회복에도 큰 도움이 된다. 특히나 사랑하고 신뢰하는 사람이 진심으로 해주는 칭찬은 더욱 그렇다.

지금까지의 시간을 되돌아보면, 칭찬과 긍정적인 조언으로 자신감과 자존감을 얻었던 때도 있지만 날카로운 비판과 비난, 악담을 경험하면서 역설적으로 한 단계 도약했던 시기 역시 많았다. 상대방은 아마 지금 기억도 못 할 테지만 나는 심장에 비수가 꽂힌 기분으로 도망가고 싶기만 했었다. 상처에서 벗어나지 못해서 힘들었던 시간도 있었으나 다행스럽게 회복력이 있어서 대체로는 주저앉지 않았고 나중에 보기 좋게 '한방 먹였다'고 생각한 적도 있다.

한 공공기관에서 일하던 시절, 이직 의사를 밝힌 나에게 "너처럼 이리저리 옮겨 다니는 놈들은 절대로 성공할 수 없게 만들겠다"고 한 기관장을 잊을 수 없다. 지금처럼 이직이 흔한 시절이 아니었고, 1년도 근무하지 않았기 때문에 기분이 나쁘고 화가 났을 수는 있지만, 이직의 사유를 묻지도 않고 불쾌하다는 이유로 협박에 가까운 악담을 퍼부은 것은 지금도 이해하기 어렵다. 당시에 그곳에서 나는 제대로 된 업무를 하기보다는 회의실 의자 정리 같은 허드렛일을 하면서 시간을 보냈고 점심시간이면 접대를 이유로 낮술을 마셔야 하면서 회의를 느끼고 이직을 결심한 것이다. 기관장의 험한 말에 정말 그런 불이익이 있으면 어쩌나 걱정도 하고 겁도 먹었지만, 시간이 흘러 나의 판단이 옳았다는 사실만 확인했다. 명분이 올바르고 스스로 부끄럽지 않으면 되는 것이다.

수개월 동안 아무 이유 없이 업무를 배정하지 않고 다른 직원들로 하여금 나를 배척하게 만든 상사도 있었다. 지금 생각하면 직장 내 괴롭힘으로 인사 담당자나 지방노동청을 찾아가야 할 사안이지만, 당시에는 혼자 억울함과 비참함을 견뎌야 했다. 자포자기한 심정으로 그곳을 벗어날 방법만을 찾던 내가 이제는 변호사로서 식품의약품안전처에 자주 방문한다. 그때마다 당시에 납득할 수 없는 이유로 나를 업무와 관계에서 배제했던 그 상사를 떠올린다. 만약 그가 아니었으면 내가 여전히 이곳에서 일하고 있을까. 어떤 모습으로 변해 있을까.

그때 나를 어렵고 힘들게 만들었던 사람들에게 지금은 감사하는 마음까지 갖는다. 첫 직장에 쭉 다니고 있다면 얻었을 직위, 안정된 공무원 생활을 그만두지 않았더라면 받을 연봉이나 삶의 여유와 지금을 비교해본다. 그동안 새로운 일을 찾으며 배움을 멈추지 않았던 노력을 보상받는 듯한 느낌이다.

당시에 들었던 폭언이나 비난, 심리적인 폭력 등으로 크게 상처받고 힘들었던 것은 사실이다. 하지만 아이러니하게도 그런 경험을 통해 나는 변화와 발전을 놓지 않았고 더 나은 생활을 꿈꾸었다. 서른한 살에 고졸 학력에서 벗어나 10년 만에 변호사가 되었고 지금도 머물지 않고 다양한 활동을 하게 된 것은, 외부의 공격과 힘을 이겨내기 위해 노력했기 때문이다.

〈나의 아저씨〉를 인생 드라마로 꼽을 정도로 참 좋아한다. 그중 건축구조기술사인 주인공 박동훈 과장이 한 이 말을 듣는 순간 정말 공감했다.

"모든 건물은 외력과 내력의 싸움이야. 있을 수 있는 모든 외력을 계산하고 따져서 그것보다 세게 내력을 설계하는 거야. 인생도 어떻게 보면 외력과 내력의 싸움이고 무슨 일이 있어도 내력이 있으면 버티는 거야."

건물과 달리 인생에서 내력은 처음부터 설계해서 강하게 만들 수가 없다. 하지만 그렇다고 포기하지 말고, 끊임없는 배움과 시도를 통해 힘을 키우면 된다. 거센 외력을 맞닥뜨릴수록 우리의 내력도 점점 세지니까 너무 걱정 말자.

인생이라는 자산을

잘 관리하기 위하여

그동안 남들처럼 평범하게 수입 중 일부를 차곡차곡 저금하고 이런 저런 펀드에 가입하고 주식에 투자를 하는 정도로 자산관리를 해왔다. 물론 자세히 따져보지 않고 은행 직원이나 지인의 권유에 의하거나 주위 사람들 경우를 귀동냥하는 수준이었는데 보험설계사가 되면서 돈에 대해 제대로 깊이 생각할 기회를 갖게 되었다. 그리고 AFPK라는 재무설계사 시험에도 도전해서 상속설계, 부동산설계, 재무설계 및 윤리, 은퇴설계 과목은 합격했고 투자설계, 보험설계, 세금설계 시험만 남겨두고 있다. 그리고 시험을 준비하면서 그동안 흔하게 들었던, 즉 계란은 한 바구니에 담지 말라는 격언이 기본 중의 기본임을 확인할 수 있었다.

이상적인 자산관리는, 부동산과 투자성 자산, 현금성 자산을 각각 동일한 비율로 배분하는 것이라고 한다. 하지만 우리나라의 많은 사람들은 일반적으로 부동산의 비중이 60~70퍼센트를 차지하고 현금이 부족해서 유동성 위기 가능성이 높은데 특히 요즘과 같이 물가와 환율이 급등하는 시기에 위험한 상황에 빠지기 쉽다. 이론적인 비율로 적정하게 자산을 관리하는 사람이라면 지금의 위기가 오히려 기회가 될 것이다. 1997년 IMF 구제금융 시기에도 큰돈을 손에 쥔 사람들의 이야기는 영화로도 만들어져 있다.

하나의 상품에 '올인' 하지 말고 분산 투자하는 것이 중요하다는 자산관리의 원칙과 적정 배분율을 인생 관리에 적용해보면 어떨까. 단순하게 생각하면 8시간의 노동, 8시간의 수면, 나머지 8시간의 유휴시간으로 하루를 구성할 수 있다. 하지만 주 5일, 주 40시간의 노동은 법적인 규정일 뿐 현실적으로 지켜지지 않는 것이 보통이고, 매일 필수적으로 해야 할 일에 드는 시간을 제외한 가용한 유휴시간을 생각해보면 마치 자산관리에서 현금자산의 비율과 비슷할 것이다. 결국 이 유휴시간을 어떻게 확보하고 관리하느냐가 인생 관리의 핵심일 텐데, 이건 자산을 관리하는 것보다 훨씬 중요하고 매우 어려운 일이다.

또는 이렇게 생각해보는 것도 재미있다. 대체로 규칙적으로 반복되는 일상에서 가장 중요한 경제활동은 마치 크게 변화하지 않고 든든하게 지탱해주는 부동산 자산과 같다. 더 나은 미래를 기대하며 학위나 자격증 취득을 위해 노력하는 것은 마치 큰 수익을 기대하는 주식투자와 같다. 그리고 아껴두지 않고 최우선으로 당겨쓰며 제대로 챙기지 않는 여유 시간은 바로 현금성 자산인 것 같다. 이 시간은 막상 필요할 때는 부족하고, 미리 챙겨두지 않으면 결국 생활과 마음의 건강을 해치고 만다. 당연하게도 이 여유 시간을 확보하기란 너무 힘들지만, 자산관리에서 현금 유동성이 중요하듯이 짧은 시간이라도 내가 주도적으로 확보하고 활용할 수 있다면 큰 위기가 닥쳐오기 전에 어느 정도 방어막을 갖추게 된다.

골프를 즐기는 편인 나에게 잘 치는 법을 물어오는 사람들이 간혹 있다. 골프를 잘 치고 싶다면 돈 또는 시간을 많이 투자하면 된다. 수시로 오래 연습을 몰두할 수 있을 만큼 시간의 여유가 있다면 상대적으로 돈은 덜 든다. 하지만 돈이 많은 사람이라면 비싼 레슨비를 부담하면서 일대일 강습을 받는 식으로 남들보다 짧은 시간에 실력을 쌓을 수 있다.

의외로 시간과 돈 모두 여유가 있어서 아낌없이 쏟아부을 수 있는 사람은 드물고, 무엇을 많이 가지고 있으며 어느 것을 우선적으로 선택하느냐에 따라 과정과 결과는 천차만별이다. 이때, 부족한 시간을 웬만하면 돈으로 보충할 수 있는 사람은 극히 소수일 테고, 보통의 우리는 누구에게나 공평하게 주어지는 시간을 어떻게 활용하느냐가 인생에서 중요한 문제가 되는 것이다. 그래서 물질적인 자산을 관리하고 늘리기 위해 노력하는 이상으로 시간이라는 인생의 자산에 더욱 신경을 쓰고 관리할 필요가 있다.

나에게 남은 시간을

이제 어떻게 채울까

중년의 나이가 되면서 지인들이 갑자기 세상을 떠나는 일이 잦아지다 보니 죽음은 더 이상 나와 무관한 일이 아니게 되었다. 언제인가부터 모임이나 친구들과의 대화 주제가 죽음, 건강 등으로 바뀌며 젊음이 영원하지 않다는 것을 새삼스럽게 깨닫는다. 그래서 쉰 살을 지천명(知天命)이라고 하나 보다.

마치 나에게 무한한 시간이 있는 것처럼 나이 들어가는

것에 신경 쓰지 않고 있다가 갑자기 죽음이라는 것을 인식하게 된 순간부터 불안감이 엄습했다. 처음에는 그 불안함에 당황했고 자연스레 우울한 기분에 빠져버렸다. 남들의 눈에는 일도 잘되고 아이들도 잘 자라고 있으니 아무 걱정 없는 것처럼 보였겠지만 나 자신을 속일 수 없어서 힘들었다. 그렇게 한번 빠진 깊은 우물 속에 한동안 머물렀다.

우울함에서 벗어나기 위해 사고를 전환하기로 했다. 어차피 언젠가는 죽는다. 그것을 두려워하지 말고 그 대신 남은 시간 동안 무엇을 해야 할지 생각해보기로 했다. 아이들이 어리니 현실적으로 20년은 더 일을 해야 한다. 그래서 나의 정년을 70세로 정했다. 앞으로 20년 동안 후회 없이 충분히 일하기 위해서는 더 배우고 영역을 확장해야 한다는 결론에 이르렀다. 결국 또 계획이 필요해졌다. 재무설계사 자격증 취득을 위해 은퇴설계를 공부하면서, 은퇴 이후 생계를 유지하고 경제적인 자유를 누리기 위해서 은퇴 전부터 준비해야 할 것에 대해 더 깊이 생각해보았다.

한때 '파이어족', 즉 조기 은퇴자를 꿈꾸며 재테크와 저축에 힘쓰는 젊은 세대들 이야기가 유행했지만, 최근 주식과 가상화폐 폭락 등을 겪으며 현실적으로 불가능한 이야기가 되었다. 미국에서 시작된 파이어족은 사실 고액 연봉자가 급여를 아껴 모아 40대 전후에 일찌감치 은퇴하는 개념이어서 우리나라 현실에는 딱히 맞지 않는 유행이기는 했다. 생활수준이 천차만별이라 단정 지을 수는 없지만, 이르게 은퇴를 하고 기본적인 생활을 누리려면 수십억 원의 자금이 필요하지 않을까. 그러니 대부분의 직장인들로서는 넉넉하지 않은 연봉으로 조기 은퇴는 그저 로망일 것이다. 여기에 아르바이트 수준의 부업으로는 원하는 만큼의 수입 증대를 기대하기 어려우니 여유 자금을 충분히 만들어 은퇴 시기를 앞당긴다는 것은 쉽지 않다.

그래서 더더욱 본업 외의 수입을 가질 수 있는 일을 찾아보고 준비해서 시도해보는 것이 매우 중요하다. 내가 민간 자격증 사업을 하는 것도, 보험설계사 일을 하는 것도 이런 이유다. 본업과 비교하면 아주 높은 수입은 아니지만, 시도하지 않았으면 발생하지도 않았을 수입이기에 요긴하게 잘 쓰고 있다.

한때 나는 다른 사람들보다 본격적인 경제활동이 많이 늦었으니 남들보다 더 오래 부지런히 일해야 한다고 생각했고, 그게 막막할 때도 있었다. 그러던 중 최근 동료 보험설계사에게 한 국제회의에서 만난 87세 호주의 재무설계사 이야기를 들었다. 나이가 든다고 위축되거나 역할을 제한하지 말고, 그 나이와 상황에 맞는 일을 하면 된다는 강연 내용을 전해 듣고 나에게 남은 시간이 10년은 늘어난 것 같은 기분이었다. 나에게 남은 시간은 스스로 정해야 하는 것이다.

앞으로 내가 일할 시간이 20년밖에 남지 않았다는 생각에, 가끔은 조급한 마음이 드는 것도 사실이다. 하지만 그렇기에 남은 시간이 매우 소중해서 허투루 쓰지 않으려고 노력하고 있다. 그리고 남은 20년이 그 후의 인생을 풍요롭게 건강하게 살아가기 위한 준비 시간으로 충분하다고 생각하며 노력과 시도로 가득 채워갈 계획이다. 아직도 나는 하고 싶은 게 너무 많다.

아직도 하고 싶은 게 많은
N잡러 변호사의 성장기

인생 커트라인은 60점이면 충분하다

초판 1쇄 발행 2022년 11월 20일
초판 2쇄 발행 2023년 11월 10일

지은이. 김태민

펴낸곳. 멜라이트
출판등록. 제2022-000026호
펴낸이. 김태연
이메일. mellite.pub@gmail.com
인스타그램. @mellite_pub
디자인. 강경신

ⓒ 김태민, 2022
ISBN 979-11-980307-0-2 (03810)